Martina Bick

Nordseegrab

Sehr verehrte Leserin, sehr verehrter Leser,

unsere Welt wird immer schnelllebiger, unser Alltag immer hektischer. Gerade deshalb sind die schönen, unbeschwerten Momente, in denen wir innehalten und uns zurücklehnen, so kostbar.

Ich persönlich greife in solchen Momenten gerne zu einem guten Buch. Eine spannende und unterhaltsame Geschichte hilft mir, schnell abzuschalten. Beim Lesen vergesse ich die Sorgen des Alltags.

Doch manchmal ist es gar nicht so einfach, ein gutes Buch zu finden. Dabei gibt es so viele Autorinnen und Autoren, die mit ihren Geschichten die Leser in ihren Bann ziehen. Solche Highlights der Unterhaltungsliteratur bringt jetzt die vielseitige UNIVERSO-Taschenbuchreihe zusammen. Die von uns sorgfältig ausgewählten Bücher reichen von frechen Frauenromanen über spannende Krimis bis hin zu großen Liebesgeschichten und historischen Romanen.

Die kleine, aber feine UNIVERSO-Auswahl möchten wir gerne auch mit Ihnen teilen. Mir bleibt nur, Ihnen viel Spaß und Entspannung beim Lesen und Träumen zu wünschen.

Herzlichst
Ihr

Siegfried Lapawa
Verleger Karl Müller Verlag

Martina Bick
Nordseegrab

Der fünfte Fall für Marie Maas

UNIVERSO

Über die Autorin

Martina Bick wurde 1956 in Bremen geboren. Sie studierte Historische Musikwissenschaft, Neuere deutsche Literatur und Gender Studies in Münster und Hamburg. Nach mehreren Auslandsaufenthalten lebt sie heute in Hamburg, wo sie an der Hochschule für Musik und Theater arbeitet. Martina Bick veröffentlichte zahlreiche Kriminalromane, Romane und Kurzgeschichten und war auch als Herausgeberin tätig. Für ihre Arbeit wurde sie mehrfach ausgezeichnet. 2001 war sie die offizielle Krimistadtschreiberin von Flensburg.

Genehmigte Lizenzausgabe
Karl Müller Verlag – SILAG Media AG,
Liebigstr. 1–9, 40764 Langenfeld

Titelbildgestaltung: Maria Seidel, atelier-seidel.de unter Verwendung eines Bildmotivs von © istockphoto; shutterstock; Fotolia.com
Umschlaggestaltung: SILAG Media AG, 2014

PEFC zertifiziert
stammt aus nachhaltig bewirtschafteten Wäldern und kontrollierten Quellen
www.pefc.de
PEFC
PEFC/32-31-039

Dieses Buch wurde auf Pamo Classic von Arctic Paper gedruckt.

ISBN-Nr. 978-3-95674-175-3
Printed in EU 2014

1

Carmen legte den Telefonhörer leise auf. Überflüssige Vorsicht, niemand konnte sie hören. Und außerdem war das Telefonieren vom Tresen aus nicht verboten.

Sie drehte den Kopf und starrte in die Rosensträucher, die im Sommer durch das offene Fenster hereinwuchsen. Ein kleines Fenster, ein ehemaliges Stallfenster, einfach verglast, mit einem eisernen Fensterkreuz; ein Viertelchen davon konnte man öffnen. Hinter ihr im Restaurant blieb es immer dunkel und kühl, auch wenn draußen die Sonne schien und auf den glatten, gewachsten Rosenblättern glänzte, als wären sie aus Silber. Die hellen, pastellfarbenen Blüten leuchteten dann dazu wie Pailletten auf einem Abendkleid.

Vor diesem Fenster war immer Festtagsleuchten. Aber es zeigte nur einen winzig kleinen Ausschnitt der Insel. Dreißig mal dreißig Zentimeter, gerade genug, um die Feriengäste zu betören. Aber nicht genug, um das Leben hier sehen zu können. Lange nicht genug.

Carmen rutschte vom Barhocker, dessen Lederbezug so abgewetzt war, dass man Mühe hatte, sich oben zu halten. Für sie war dieses Leben nun abgeschlossen. Zwölf Jahre auf Föhr, zehn Jahre Ehe, fast zehn Jahre Mutter von einem, zwei, dann drei Kindern. Zwölf Jahre Arbeit, tagaus, tagein. Putzen, bedienen, kellnern, putzen, und noch mal putzen. Schluss damit. Bevor es endgültig zu spät war.

Sorgfältig stellte sie das Telefon wieder an seinen Platz unterhalb des Tresens. Rückte das Kabel gerade, damit man nicht darin hängenblieb, abends, das Tablett voller Gläser oder mit drei vollen Speisetellern auf dem Arm. Rennen, rennen, rennen – was war sie auf diesem Fußboden hier herumgerannt! Wie viele Kilometer mochten es wohl sein? Tausend? Mehr. Fünftausend. Einmal rund um den Globus vielleicht.

Sie lachte. Leise, in sich hinein. Bloß niemanden aufwecken. Die Chefin schlief mittags immer, und der Koch hatte sich auch irgendwo im Haus verzogen. Und Margarete, die sie selbst angelernt hatte im letzten Jahr, musste sie nicht fürchten. Obwohl die immer still und leise durchs Haus geisterte.

Carmen warf einen letzten Blick hinter sich über die Tische: alles in Ordnung. Auf jedem Tisch standen ein paar Rosen, ein sauberer Aschenbecher mit einem Päckchen Streichhölzer darin und ein Teelicht, das die Gäste selbst anzünden konnten, wenn sie Kerzenlicht mochten. Die Speisekarten wurden erst ausgegeben, wenn die Gäste sich hingesetzt hatten. Von ihr ausgegeben. Jetzt nicht mehr von ihr. Auch wenn das noch niemand sonst wusste.

Wieder dieses Lachen, das ganz aus dem Bauch kam. Hoffentlich wurde sie nicht hysterisch. In solch einem Zustand verriet man sich zu leicht, geriet außer Kontrolle, verlor den Überblick. Nur das nicht, nur jetzt schön ruhig und cool bleiben und die Insel ohne Aufhebens verlassen. Und nie wieder Sönke Ley sehen. Nie wieder, nicht einmal von weitem. Dieser Gedanke machte sie nüchtern. Das Beben im Zwerchfell ließ sofort nach. Sie wurde wieder tot und kalt wie ein Fisch. So wie sie sich in den letzten Jahren immer gefühlt hatte. Lebendig begraben. Gefangen auf dieser Insel. Die Gefangene von Föhr.

Sie drehte sich auf dem Absatz um. Sie hinterließ ihren Arbeitsplatz sauber und geordnet. Sie war nicht unersetzbar. Sie nahm nichts mit, was nicht ihr gehörte. Sie ging ohne Abschied, ohne fristgerechte Kündigung; wenn man ihr denn unbedingt etwas vorwerfen wollte, dann war es das. Aber das würde Kreske schon verstehen. Später mal. Auf dem Kies des Parkplatzes hörte sie einen Wagen vorfahren. Schwer knirschten die Räder auf den Kieseln und Muschelsplittern. So schwer, wie es nur ein Mercedes tut. Nun zitterten ihre Hände doch und waren klamm vor Aufregung. Sie sah sich mit geübtem Blick um und entdeckte ein paar Fingertapser an der blanken Tür der Kühlbox, aber sie wischte sie nicht ab. Sie tappte durch die Küche, am Abwaschtisch vorbei, vorsichtig, ohne gegen die Abfalltonnen zu stoßen, und verschwand durch die Hintertür, sie sorgfältig hinter sich zuziehend. Die Mercedestür klappte dumpf, dann knirschten die Reifen wieder über den Kies. Und dann war es wieder still vor dem »Pferdestall«. Die ersten Rosenknospen schüttelten sich im Frühlingswind und schlugen mit leisen Klopfzeichen gegen die Fenster.

2

Marie Maas blätterte vorsichtshalber noch eine Seite weiter in der Getränkekarte bis zu den Bieren.

»Es gibt Warsteiner und Jever vom Fass. Hast du das gesehen?«

Tomkin antwortete nicht. Er hielt den Kopf stur nach links gewandt, während die Kommissarin rechts von ihm an der kurzen Seite des Tisches saß. Irritiert ließ sie die Karte sinken und suchte den niedrigen, mit unzähligen essenden, schwatzenden, krakeelenden und trinkenden Menschen gefüllten Raum ab nach einem Ereignis, das Tomkin so sehr fesseln mochte, dass er auf deutsche Biernamen nicht reagierte.

»Was ist denn los? Voll ist es hier.«

Tomkin stieß einen undefinierbaren Laut aus, zumindest war das Rudiment undefinierbar, das durch den Geräuschwall und durch das Sprechen mit abgewandtem Gesicht bei der Kommissarin ankam.

»Was sagst du?«

Endlich wandte Tomkin sich zu ihr um und reckte sich so weit über die blassblau gemusterte Tischdecke, dass er mit den Lippen ihr Ohrläppchen berührte. Eine angenehme Berührung, fand Marie Maas und fühlte sich an den Nachmittag erinnert.

Gleich nach ihrer Ankunft auf der Insel, nach einer stürmischen Überfahrt, hatten sie ihr winziges Pensionszimmerchen in Süderende bezogen. Tomkin hatte auf der Fähre die ganze Zeit im Gang gestanden, angeblich um das Gepäck zu bewachen. In Wahrheit war ihm speiübel gewesen, was er als Insulaner – Engländer, der er war – natürlich nicht zugeben konnte. In ihrem Zimmer gab es nur ein einziges Möbelstück: ein riesengroßes Doppelbett. Die Übernachtung mit Frühstück kostete nur dreißig Mark pro Person, was nicht teuer war auf Föhr direkt über Ostern, dafür konnte man hier eben auch nur übernachten und andere Dinge tun, für die man weder Tisch noch Stuhl brauchte. Nicht einmal seine Kleider konnte man ordentlich ablegen, weil es einfach keine Gelegenheit dafür gab. Es gab nur dieses monströse Bett und eine meterlange Schrankwand, weiß Schleiflack mit goldverzierter Kante, und links davon, direkt am Fenster, ein Waschbecken. Hinter diesem Fenster aber lag die Nordseeinsel Föhr! Und vor ihnen lag ein Ferienwochenende an der Nordsee, weit und so sicher wie möglich von zu Hause entfernt. Die Kommissarin fand die Sturmböen phantastisch, die auf der Autobahn von Hamburg nach Heide aufgekommen waren und sich in Dagebüll am Fähranleger so richtig ins Zeug legten. Die kargen Sträucher, die den riesigen Parkplatz säumten, bogen sich, bis sie fast waagerecht im Wind lagen. Schwarzbraune Wolkenberge wurde volle Kraft voraus über den eisgrauen, niedrigen Himmel getrieben. Die zarten Frühlingsanfänge, die sie in Hamburg und die Tomkin in London schon entdeckt hatten, von ihnen fand sich hier keine Spur. Sie kehrten zurück in den Winter. Sie setzten sich ab aus dem milden Stadtklima, sie würden mit einer dieser sanft schaukelnden, zuverlässig breit ausschauenden Fähren das flache Wattenmeer durchkreuzen, und dann hätte man ihretwegen den Fährverkehr nach Föhr einstellen können. Jedenfalls bis nach Ostern. So lange wollten sie mindestens hierbleiben. Und mit ihnen etwa zehntausend andere Touristen, stadt und wintermüde Familien, blasse, aufgeregte Kinder, Alte und Junge mit zerzausten, vom Wind gestreckten Frisuren. Alle sahen aus wie Kobolde, in ihren knallbunten Regenjacken, mit flatternden Schals und Tüchern und straffen Gesichtern, die sich dem hart peitschenden Wind stellen mussten.

Genau das suchten sie: ein Stück Natur, dem man sich stellen musste. Und dann irgendwo einkehren, einen heißen Grog trinken, ein Stück Friesentorte essen, zuckersüß mit dicker, fetter Sahne von einheimischen Kühen, und am Abend gab es irgendwo einen sauren Hering oder mild gesalzenen Matjes, dem man den Wind und das Salzwasser noch abschmeckte. Sie brauchten keine verfrühten Sonnenbäder, keinen vorverlegten Sommeranfang. Sie waren alle herbe Naturen. Sie wollten immer wieder den Unterschied spüren: hier die bissige Kälte, die ausgehalten werden will; dort die milde, besänftigende Wärme, der man sich hingeben kann.

Marie Maas und Tomkin hatten also das große, weiße Schleiflackbett ausprobiert, anschließend die Dusche, und dann hatte Tomkin begonnen, seine Büchertasche auszupacken. Es waren noch mehr Bücher als sonst. Seitdem er seinen ersten Roman beendet hatte, war er ziellos im Lesen. Er wusste nicht, wie es weitergehen sollte. Und in den letzten drei Wochen, seitdem das schöne, dicke Buch erschienen war, war er mehr als ziellos: Er war kopflos. Er erwartete eine

Reaktion. Eine Woche nach Auslieferung des Buches wagte er zum ersten Mal, aus dem Haus zu gehen und sein Telefon aus dem Auge zu lassen. Was der arme Apparat hätte verkünden sollen, war unklar. Aber Tomkin war wohl davon überzeugt gewesen, dass er klingeln müsste, um irgendetwas Tolles anzukündigen.

Schließlich hatte er ein Buch geschrieben, er, Tomkin Quest, einen langen Roman mit vierhundertzwanzig Seiten, an dem er mehr als drei Jahre gearbeitet hatte, den er mehr als zwölfmal neu begonnen und unzählige Male umgeschrieben, korrigiert und redigiert hatte. Und dann war er endlich fertig gewesen, und Tomkin hatte einen meterhohen Stapel Fotokopien angefertigt, um das Manuskript an alle in Frage kommenden englischen Verlage zu senden, hatte ein Vermögen an Briefmarken und Verpackungsmaterial investiert. Und tatsächlich einen Verleger gefunden, der bereit war, das Risiko einzugehen, einen jungen, unbekannten Londoner Werbetexter herauszubringen, der meinte, seine Kindheit aufarbeiten zu müssen und dies in viele Worte zu fassen. Und der das Buch im Laufe weiterer, endloser vierzehn Monate auf den Markt brachte. Und dann, endlich, waren die Korrekturen abgeschlossen, die Fahnen gelesen und korrigiert, der Kummer über das Cover – völlig unpassend – überwunden, der Klappentext – wie primitiv! – verdaut, die erste Werbeanzeige, unverhofft in einer ungeeigneten Zeitschrift – Pädagogik – entdeckt und trotzdem ausgeschnitten, stolz wie ein Pfau, und schließlich war das Paket mit den Belegexemplaren gekommen. Und gleichzeitig, zufälligerweise, war

Marie Maas aus Hamburg angekommen und hatte Tomkin so vorgefunden, schon in Sorge, weil er sie zum ersten Mal nicht vom Flughafen abgeholt hatte. Hatte ihn gefunden wie einen kleinen Jungen inmitten seiner Bücher auf dem Fußboden vor dem Kamin, lesend, an den Büchern riechend, ein glücklicher, völlig aus dem Gleis geratener junger Mann am Ziel seiner Wünsche.

Sie hatte sich das Ganze ein paar Tage lang angesehen. Natürlich geschah darüber hinaus nichts. Was sollte sich denn auch ereignen? Sie machten sich einen Spaß daraus, in verschiedenen Londoner Buchhandlungen herumzulaufen und nach seinem Buch zu suchen, freuten sich wie die Spatzen, wenn sie es irgendwo im Schaufenster sahen, und waren erbost und beleidigt, wenn ein Buchhändler den Titel weder führte noch kannte. Na, so etwas! Dann musste er es eben ordern! Sie bestellten rund zwanzig Exemplare in den Buchhandlungen rund um Piccadilly Circus und hatten das Gefühl, damit wenigstens für ein Minimum an Werbung gesorgt zu haben.

Natürlich hatte Marie Maas den Roman gelesen. Mehrmals. In allen Fassungen, alle Streichungen inklusive. Der Text war ihr etwa so bekannt wie ihre Dienstvorschrift, und die hatte man ihr auf der Polizeischule eingetrichtert wie das Einmaleins in der Schule. Sie konnte sie rückwärts buchstabieren. So ähnlich ging es ihr mit Tomkins Roman. Wenn sie nicht so wahrheitsliebend wäre, könnte sie sich einbilden, sie hätte ihn selbst geschrieben, so vertraut waren ihr manche Sätze. Ihr Englisch hatte bedeutende Fortschritte gemacht in dieser Zeit. Wenn sie ein bisschen Musse hätte und ein bisschen Talent, hätte sie sich sogar zugetraut, ihn ins Deutsche zu übersetzen. Mit Tomkins Hilfe natürlich.

Aber von Musse konnte bei ihr wie üblich keine Rede sein. Sie war zusammen mit Johnson, ihrem Chef, abkommandiert worden zu einer überregionalen Sonderkommission, die sich mit einer Bande Betrüger befasste, die sich mit Betrug und Fälschungen Millionen ergaunert hatten und ihr Leben in irgendeinem Karibikstaat fortführen würden, wenn sie es nicht schafften, sie vorher zu schnappen. Zwei Verhaftungen standen kurz bevor, aber Johnson, Chef des Morddezernats und Marie Maas' direkter Vorgesetzter, setzte auf Zeit, um alle auf frischer Tat zu erwischen, und ordnete noch eine Runde Observation an. Daraufhin hatte die Kommissarin ihren Urlaub eingereicht. Wenn ihnen die Bande durch die Lappen ging, wollte sie wenigstens nicht dabeisein.

Sie hatte Tomkin angerufen und ihn aus der nachschöpferischen Lethargie gerissen.

»Lass uns einfach ein paar Tage ans Meer fahren, mein Lieber. Du verpasst nichts. Wir verpassen beide nichts, wenn wir uns einfach verdrücken.«

»Wenn nun jemand ein Interview haben will? Und ich bin nicht erreichbar?«

Marie Maas verkniff sich die Frage, weshalb jemand ein Interview von ihm haben wollen sollte angesichts der enormen Zahl von Neuerscheinungen jeden Monat auf dem englischen Büchermarkt zu Gott weiß welchen brandaktuellen Themen. Mit Vernunft aber ist jungen Müttern und Schriftstellern nicht beizukommen. Das hatte sie schon begriffen.

»Setz deinen Anrufbeantworter in Betrieb. Sprich drauf, dass du zurückrufst. Ach, Tomkin, du weißt doch, dass so schnell nichts anbrennt. Fahren wir also?«

Nachdem Susanne Bollmann in letzter Minute dieses Zimmerchen in Süderende über den Zimmernachweis auf Föhr für sie hatte reservieren lassen können, buchte die Kommissarin für Tomkin einfach einen Flug von London nach Hamburg mit der Abendmaschine, ließ ihm das Ticket per Boten zustellen und fuhr nach Hause, um ihre Taschen zu packen.

»Ich habe gesagt, es ist verdammt voll hier«, brüllte Tomkin der Kommissarin ins Ohr. So laut war es nun auch wieder nicht, dass man so schreien musste. Erschrocken rieb sie ihre von Wind und plötzlicher Wärme glühenden Ohrmuscheln.

»Es gibt Warsteiner und Jever«, wiederholte sie.

»Aber es gibt keine Bedienung«, sagte Tomkin mit normaler Stimme und Entfernung von ihrer Ohrmuschel.

Die Kommissarin sah ihn verdutzt an und zeigte auf die Frau, die an ihren Tisch gerannt kam, in letzter Minute bremste und mit gezwungener Ruhe ihren Block zückte.

»Kann ich bei Ihnen schon die Getränke aufnehmen?« fragte sie atemlos.

»Schon« ist gut, dachte Marie Maas und wiederholte dann laut zum dritten Mal ihre Entdeckung: »Es gibt hier Warsteiner und Jever.

»Ich nehme ein Warsteiner«, sagte Tomkin und strahlte die Bedienung an.

»Und für mich einen weißen Burgunder, bitte.»

Ehe sie dazu kamen, Knoblauchbrot, Krabbensuppe, Scholle und Rumpsteak mit Champignons zu bestellen, war die Kellnerin schon wieder im Gewühl der Gäste verschwunden. Marie Maas nahm ergeben Tomkins Hand und freute sich, wie schön warm und fest sie war.

3

Es war acht Uhr dreißig, als Magnus Pleß wie jeden Morgen an der Ecke zum alten Kaufladen von links Jensens Bäckerwagen entgegenkam. Das Zeichen, dass bei Brodersen gerade die frischen Brötchen eingetroffen waren. Nichts hasste Magnus so sehr wie Semmeln vom Vortag.

Er trug seine dicke Winterjoppe, Wollmütze und feste Stiefel. Zum Glück war für die Ostertage schönes Wetter angesagt. Bei Neumond war der Himmel blau gewesen, und ein starker Nordwester hatte geblasen, da standen die Chancen gut für ein paar klare Sonnentage. Vielleicht würde er sogar schon die Dachstube aufmachen können. Endlich wieder richtiges Licht zum Malen. Nicht diese Leuchtröhrenkonstruktionen in der Stube. Ein Wunder, dass er im Winter überhaupt etwas zuwege brachte.

Da flitzte Meta in ihrem weißen Kittel auf dem Fahrrad vorbei. Punkt halb neun. Sommers wie winters. Meta bediente schon seit zwanzig Jahren hinter Brodersens Fleischertresen. Genauso lange, wie er, Magnus, auf der Insel lebte.

»Moin, Magnus«, grüßte Rickmer Brodersen über die Schulter, während er weiter die Preise in die Kasse tippte. Leif Asmussen stand hinter dem schwarzen Fließband und schob seine ersten beiden Biere darauf. Wie der es, immer noch schaffte, eine gerade Mauer hochzuziehen, war Magnus Pleß ein Rätsel. Er war selbst beileibe kein Antialkoholiker, im Gegenteil, es hatte Zeiten gegeben, da war er ohne eine Flasche

Whisky nicht über den Tag gekommen. Jetzt hatte er auf Wein umgestellt, den er sich kistenweise von einem Händler vom Festland liefern ließ, um nicht auf den teuren Wein bei Brodersen angewiesen zu sein.

»Moin, Edith, moin, Lorenz«, grüßte er die weißgekittelte Verkäuferin und den Verkäufer aus der Gemüseabteilung. »Was, ihr habt schon Erdbeeren? Aus Spanien?«

»Marokko«, sagte Lorenz und beugte sich zu dem Maler und zu den Erdbeerkörbchen hinunter. Er war knapp zwei Meter lang, eine schwierige Länge für einen Verkäufer, zu dem man schließlich nicht aufsehen möchte. Lorenz hatte sich deshalb eine halbschiefe Körperhaltung zugelegt, die er nur begradigte, wenn er mit langen Schritten im Lager verschwand. Magnus Pleß murmelte etwas in seinen Bart, der lang und grau auf sein Jeanshemd hinunterfiel, und schob seinen Einkaufswagen weiter durch die Gemüseabteilung, ohne etwas hineinzutun.

»Alles von Freitag«, murrte er. »Hat das ganze Wochenende im Kühlhaus gestanden. Wird Zeit, dass Fanny wieder in den Garten geht. Aber bis dahin ...«

»Moin, Magnus.«

»Moin, Kreske.«

Rasch schob der Maler seinen Wagen weiter zur Kühltruhe. Er lud zwei Liter Milch und zweimal Butter ein und ging schnell und grußlos an zwei Müttern mit ihren Kleinkindern im Wagen vorbei, die in ein Gespräch vertieft waren und ihn ebenfalls ignorierten. Am Brot- und Käsestand hatte die Wirtin vom

»Pferdestall« gerade Alice Brodersen ins Kühlhaus geschickt, um eine Palette Sahne zu holen. Harro Martens wartete ebenfalls darauf, bedient zu werden.

»Und? Ist bei dir schon was los?«

»Voller Betrieb«, antwortete Kreske.

Magnus Pleß studierte angestrengt ein Sonderangebot mit dänischen Fischdosen. Dass man ihn bloß nicht ins Gespräch zog! Aus purer Verlegenheit legte er drei Dosen Fisch in seinen Wagen. Als er Alice aus dem Kühlhaus kommen sah, schob er sich rasch hinter Kreske an den Brotstand.

»Bei dir soll ja gestern viel los gewesen sein«, sagte Alice, während sie Kreske die Palette Sahne rüberreichte.

»Muss ja auch«, sagte Kreske kurz angebunden und packte die Palette mit beiden Händen. »Gibst du mir rasch noch ein Kürbiskernbrot oben drauf?«

»Ja, ja, Arbeit ist das halbe Leben und die andere Hälfte auch«, zitierte Alice Brodersen wehmütig und sah der jungen Frau mit den streichholzkurzen Haaren einen Augenblick lang nach.

»Soll ja Probleme mit dem Personal haben«, sagte Harro und zeigte dann auf die dicke Rolle Holtenser Tilsiter. »Schneid mir davon mal drei Scheiben ab, bitte, aber nicht so dünn. Und dann zwei Roggenbrötchen, aufgeschnitten.«

Magnus Pleß spürte, wie er sich wieder entspannte. Die Begegnung mit Kreske Lieuwering war ihm heftig unter die Haut gegangen. Als er endlich an der Reihe war, klang seine Stimme belegt und quietschte wie eine alte Tür.

»Vier Kaiserbrötchen«, stieß er hervor.

»Vier sagst du? Hast du Besuch?« fragte Alice Brodersen freundlich, während sie die Brötchen in die Tüte steckte. »Oder bringst du für Fanny welche mit? Geht's ihr gut?«

»Ja«, sagte der Maler und warf die Brötchentüte in seinen Einkaufswagen. Ohne ein weiteres Wort schob er weiter, am Fleischtresen vorbei und direkt auf die Kasse zu. Den Rest musste Fanny einkaufen. Ihm reichte es für heute.

»Wenn du Brötchen holst, koche ich Kaffee«, murmelte Tomkin und wickelte sich noch einmal so in seine Decke ein, dass Marie Maas überzeugt war, würde sie jetzt Brötchen holen gehen, könnte sie den Kaffee hinterher auch selbst kochen.

»Kommt gar nicht in Frage. Ich will Kaffee am Bett, Mr. Quest. Ich habe Urlaub, vergessen?«

»O nein, bitte nicht!«

»Kein Urlaub? Ich soll jetzt gleich zum Dienst eilen und dich zum Mittagessen wecken? Du bist wohl ganz und gar von Sinnen!«

Tomkin zog die Decke noch höher.

»Es ist gleich zehn Uhr, und wenn du nicht bald losläufst, werden wir überhaupt nichts mehr zu essen bekommen.« Das half. Tomkin gehörte trotz seiner fünfunddreißig Jahre noch immer zu den Menschen, die unendlich viel essen können und müssen, um nicht vom Fleisch zu fallen. Er setzte nie Fett an. Obwohl er auf keinerlei körperliche Arbeit verweisen konnte und es auch sonst vermied, Kalorien zu verbrauchen. Er hatte einfach einen flotten Stoffwechsel. Voll Neid beobachtete die Kommissarin die Unmengen von Kuchen, die Tomkin in sich hineinstopfen konnte, ohne einen Gedanken daran zu verschwenden, in welchen Fettpölsterchen sie sich wiederfinden würden. Immerhin hatte diese ungerechte Fähigkeit zur Folge, dass er auch anderen Menschen zubilligte, so viel essen zu dürfen, wie er selbst es tat. Ohne abfällige Kommentare oder gemeine Spitzen von sich zu geben, was ihre Unbeherrschtheit, Völlerei oder Naschhaftigkeit betraf. Im Gegenteil, wenn Marie Maas sich aufgrund schlechter Laune oder Frust oder Stress mit Schokoladenkeksen oder den feinen, gesäuerten englischen Kartoffelchips vollstopfte und anschließend Bauchschmerzen bekam, bedauerte er sie aufrichtig und dachte gar nicht daran, ihr Unwohlsein auf Maßlosigkeit im Essen zurückzuführen. Stattdessen bot er an, ihr eine zweite Tüte Chips zu besorgen. Er war, kurz gesagt, in dieser Hinsicht ein Schatz. Probleme gab es nur, wenn nicht genug zu essen da war. Zum Beispiel überfiel ihn im Auto manchmal ein solcher Hunger, dass er sofort an einer Raststätte halten musste und ein Wiener Schnitzel mit einer doppelten Portion Pommes frites und einen großen Salatteller in sich hineinschlang.

»Wenn ich an diese Krabbensuppe denke, wie die duftete!« Tomkin hatte sich jetzt auf den Rücken gedreht und sah mit weitaufgerissenen Augen an die Decke. »Wenn ich doch nur einen Löffel voll davon bekommen hätte.«

»Ich habe ein paar Spritzer von meiner Hand abgeleckt. Sie war phantastisch. Eine Spur Curry darin.«

»Tatsächlich?«

Tomkin stützte den Kopf auf die rechte Hand.

»Meinst du, wir könnten so etwas in der Dose bekommen?

»Um Gottes willen. Das probieren wir nicht einmal. Wir werden einfach noch einmal in den ›Pferdestall‹ gehen. Heute abend zum Beispiel.«

»Noch so ein Abend ...«

Sie hatten ihr Warsteiner und den weißen Burgunder schon bekommen, an diesem denkwürdigen Abend. Aber das Bier war schal gewesen und der Wein lauwarm. Trotzdem hatten sie beides längst ausgetrunken, als die Kellnerin, die im Laufe des Abends immer mehr aus der Fassung geriet, endlich wieder an ihrem Tisch auftauchte, um die Essensbestellung aufzunehmen.

»Einmal die Krabbensuppe und ein Knoblauchbrot«, hatte Tomkin für sie beide als Vorspeise bestellt. »Und dann für mich eine ganze Scholle gebraten mit Kartoffelsalat und für dich ...«

»Ein Rumpsteak mit Champignons, englisch, bitte.«

Ohne Kommentar war die Frau wieder abgezischt, hatte sich mit ihrem Block in der Hand und dem runden Tablett in der anderen wie mit Schild und Speer bewaffnet einen Weg durch die Horden von Gästen gebahnt, die in dem Gang des Restaurants standen und auf frei werdende Tische warteten, um dann wieder eine Ewigkeit lang nicht aufzutauchen. Was war bloß los in diesem Laden? Das Essen, das an ihrem

Tisch vorbeigetragen wurde, sah fabelhaft aus. Gierig sogen sie die Düfte ein, die an ihnen vorbeizogen. Nur zu voll war es und dazu voller unbeherrschter, hungriger Leute, die herumbrüllten und kommandierten, als wären sie in einem Lazarett für Seenotopfer gelandet und es ginge um Leben und Tod. Irgendwann stellte ihnen ein junger Mann, der ihnen keinen Blick und kein Gehör schenkte, die zweite Runde Getränke hin. Dann war wieder Pause. Endlos lange. Und dann plötzlich erschien die Kellnerin mit einer Suppentasse und einem Teller, auf dem gefährlich lang und glatt eine halbe Baguette schaukelte, die wahnsinnig gut nach Knoblauchbutter duftete. Die aßen sie dann auch auf. Beide zusammen. Die Suppe nämlich erreichte leider nicht einmal die Tischkante, sondern ergoß sich, zusammen mit der stolpernden Kellnerin, über Marie Maas' Schoß, Strümpfe sowie auf den Boden. Kein Löffel voll hatte seinen hungrigen Magen erreicht, wie Tomkin ganz richtig bemerkte. Statt dass nun schleunigst für Ersatz gesorgt wurde, nachdem die Kommissarin sich schon bereit erklärt hatte, auf eine Reinigung ihrer Hose zu verzichten, und selbst rasch auf der Toilette den gröbsten Schaden beseitigte. Aber es wurde ihnen nur verkündet, die Suppe sei alle. Keine Krabbensuppe mehr.

In der Scholle, musste Tomkin feststellen, befand sich eine Grätenkonstruktion, mit der er nicht klarkam. Dabei war er selbst ein guter Koch und vor allem ein motivierter Esser. Aber es lag wohl an der verunglückten Krabbensuppe, vielleicht auch an der stürmischen Überfahrt, den Anstrengungen am Nachmittag, der langen Warterei am Abend: Tomkin schaffte es nicht, den Fisch zu zerlegen. Er resignierte vor seinem vollen Teller. Mit größtmöglicher Beherrschung eines höflichen Engländers beförderte er den kalten Kartoffelsalat in sich hinein, probierte einen kleinen Bissen von Maries phantastischem Rumpsteak, wollte aber nicht mehr haben, denn er mochte kein rohes Fleisch – und ging hungrig ins Bett. Ganz schlechte Voraussetzungen, um einen Tag nun auch noch ohne Frühstück zu beginnen.

»Immerhin fand ich es nett, dass sie uns zum Schluss den Friesengeist ausgegeben haben. Oder wie hieß das Zeug?«

»Ich glaube, es hieß so. Und es war nicht ein einziger Tropfen übergeschwappt.«

»Hat ja auch die Chefin persönlich an den Tisch gebracht.«

»Du, mein Essen war tadellos«, sagte Marie Maas. »Einfach phantastisch.«

Tomkin knurrte Unverständliches.

»Kreske Lieuwering kann wirklich kochen. Und dazu so ein großes Restaurant auf die Beine stellen, dabei ist sie noch keine Dreißig.«

Brummen.

»Fandest du sie nicht sympathisch? Mal abgesehen von deinem knurrenden Magen?«

»Ich war viel zu betrunken, um sie überhaupt noch wahrzunehmen. Drei Warsteiner und ein Friesengeist auf nüchternen Magen.«

»Das ist ja auch ein Alptraum, wenn einem die Kellnerin abhaut. Direkt zu Ostern.«

»Welche Kellnerin?«

»Na die, die nicht da war.«

»Da habe ich wohl etwas verpasst. Da war doch eine Kellnerin …«

»Die war neu. Das hat sie doch erzählt, ihre Hauptkellnerin ist einfach nicht aufgetaucht gestern Abend.«

»Okay. Wie war das jetzt mit dem Frühstück?«

Marie Maas dachte einen Augenblick lang über ihre eigenen Worte nach. Eine davongelaufene Kellnerin. Was da wohl passiert war? Ob sie woanders einen besseren Job gefunden hatte? Ob sie sich mit der resoluten Kreske Lieuwering angelegt hatte? Oder ob sie einfach lebensmüde war oder einen Frühjahrskoller bekommen hatte und davongelaufen war? Ein Inselflüchtling. Eine Insel war einfach immer gut für ein Abenteuer.

Jedenfalls würden sie der freundlichen Einladung der Wirtin folgen und heute abend den reservierten Tisch, an dem sie höchstpersönlich bedienen wollte, in Anspruch nehmen. Tomkin würde zur Entschädigung zwei Krabbensuppen bekommen und sie … zwei Knoblauchbrote …«

»Übrigens.« Marie Maas blieb auf dem Bettvorleger stehen und überlegte, wo sie ihre Kleider am vergangenen Abend abgelegt haben mochte. Sie waren nicht zu finden. »Mir fällt gerade ein, Darling, wir haben ja ein Zimmer mit Frühstück!«

4

Fanny Ley trug die rotgefärbten Haare meistens offen. Sie waren dick wie Pferdehaare, elastisch und naturgewellt. Auch ungefärbt, schlicht dunkelblond, waren sie noch gut anzusehen gewesen. Ansonsten war Fanny keine Schönheit, und mit den Jahren wurde sie, wie die meisten Menschen, auch nicht schöner. Dafür hatte sie fast immer unwiderstehlich gute Laune. Das war wahrscheinlich der Grund, warum Magnus Pleß sie eingestellt hatte und vor allem, warum sie es schon so lange miteinander aushielten. Fanny kam jeden Morgen, außer sonntags, und räumte dem Maler die Wohnung auf. Sie machte sein Bett, wusch das Geschirr und die Gläser vom Vortag ab, setzte ihm ein Mittagessen auf, für das er selbst bei Brodersen die Zutaten einkaufte, und erledigte jeden Dienstag und Freitag seine Wäsche. Sie nahm sie mit zu sich nach Hause, denn Magnus hatte keine Waschmaschine. Manchmal wusch sie auch noch die Wäsche ihrer Schwägerin Carmen, die im Nachbarhaus mit ihrem Mann und ihren drei Kindern lebte. Sie war ein paar Jahre jünger als Fanny, aber zwei Jahre älter als Sönke, ihr Bruder. Ihre Kinder Malke und Klaus-Erland waren elf und neun, und Gerdine-Sonja war etwa im gleichen Alter wie Fannys kleine Sina, die gerade sieben geworden war. Da Fanny sowieso zu Hause sein musste, versorgte sie auch Carmens Kinder, wenn sie als Kellnerin im »Pferdestall« arbeiten ging und Sönke sich mal wieder nicht sehen ließ.

Heute trug Fanny ihr Haar zu einem dicken Zopf

geflochten. Magnus Pleß fiel es gleich auf, als er vom Einkaufen nach Hause kam. Er konnte diese Art Zöpfe nicht leiden. Sie erinnerten ihn an seine Mutter. Abends, wenn sie ins Bett ging, hatte sie immer ihren Haarknoten aufgemacht und einen langen Zopf herabgelassen, den er für alle Zeiten mit Verboten und Maßregelungen verband. Auch war ihm seine gestrenge Mutter in diesem Zustand immer lächerlich erschienen, irgendwie verletzlich. Und Kinder mögen es nicht, wenn die Macht sich bloß und lächerlich zeigt.

»Moin, Magnus«, sagte Fanny, und ihre Stimme klang belegt.

Magnus ließ den Gruß unerwidert und setzte sich wortlos an den gedeckten Frühstückstisch. Fanny hatte Kaffee gekocht, ein weiches gekochtes Ei, Schinken und Konfitüre auf den Tisch gestellt. Aber statt zu verschwinden und sich dem Haushalt zu widmen, stand sie weiter am Küchentisch herum und zupfte an ihrer Kittelschürze.

»Du hast ja so viele Brötchen mitgebracht heute. Hast du so großen Hunger?«

Magnus grunzte unwirsch und schlug seine Zeitung auf. Was ging es die Leute verdammt noch mal an, wie viele Brötchen er aß? War er denn im Zuchthaus? Konnte er sich nicht so viele Brötchen kaufen, wie es ihm in den Kram passte? Sie sollte bloß verschwinden, mit ihrem Zopf. Er blätterte laut und heftig im *Inselboten* und griff dann nach den Brötchen, um sie aufzuschneiden.

Plötzlich fing Fanny an zu weinen. Sie drückte

beide Fäuste ins Gesicht und hatte den Mund zu einer breiten, geschwungenen Linie verzogen, durch die sie geräuschvoll Luft einsog. Sie schluchzte aus vollem Herzen.

»Was in Herrgotts Namen ist denn los?« brüllte Magnus Pleß und hieb mit der Faust in die Zeitung, die sich nicht richtig entfalten lassen wollte. »Kann man hier nicht mal in Ruhe frühstücken? Was ist denn in dich gefahren, Fanny?

Fanny jaulte wie ein getretener Hund, biss sich dann in den Handballen und schluchzte stumm weiter.

»Carmen«, stammelte sie. »Carmen ist verschwunden.«

Magnus Pleß erstarrte mitsamt seiner Faust im Zeitungsknäuel, beide Arme ausgestreckt, als wolle er sich alle Probleme vom Leib halten. Wenn er es doch nur könnte! Wenn er sich doch nie auf die ganze Sache eingelassen hätte!

»Red vernünftig, Fanny. Was ist mit Carmen? Hat sie sich verspätet?«

»Was sollte sie sich denn verspäten! Wo denn? Bei was denn? Sie ist nicht nach Hause gekommen gestern Abend. Die ganze Nacht nicht. Sie ist auch nicht zur Arbeit erschienen. Kreske hat angerufen, bei Sönke, später bei mir. Was meinst du, wie fuchsteufelswild die war! Mitten im Ostergeschäft! Und niemand weiß, wo sie ist!«

Wieder Schluchzen, wieder Tränen. Magnus wand sich innerlich wie ein Wurm, wenn man ihm das auch nicht ansah, hinter seinem dicken Fell, unter seinem langen Bart und der struppigen, grauen Künstlermähne. Er hätte sich am liebsten in Luft aufgelöst und wurde noch einmal an seine Jugendtage erinnert, als er sich unter der Schelte von Mutter und Vater immer nach Paris gewünscht hatte, in ein wüstes Bohemeleben, weit fort von den Zwängen und Pflichten ihres kleinbürgerlichen, kleinstädtischen Kaufmannsdaseins. Und wo war er gelandet? An einem Föhrer Küchentisch, mit einer flennenden Zugehfrau, inmitten einer Inselgesellschaft, in der jeder Nachbar zum Verwandten wurde, in der jeder alles wusste und alles weitertratschte, schlimmer, als die spießigste Bürgerexistenz in irgendeiner Kleinstadt ihn hätte treffen können. Und was das Schlimmste war, er liebte dieses Leben, diese Insel und diese verdammten Nachbarn-Verwandten. Nur heute, heute könnte er sie alle ins Watt schicken bei auflaufend Wasser. Heute könnte er gut eine Insel für sich allein brauchen.

»Sie hat sich bestimmt was angetan«, stöhnte Fanny und holte ein Taschentuch aus ihrer Schürze.

»Unsinn«, sagte Magnus so bestimmt, dass Fanny zusammenzuckte. »Vielleicht ist sie aufs Festland gefahren. Sie hat doch da ihre Dings, ihre Verwandten.«

»Ohne mir etwas davon zu erzählen?«

Fanny und Carmen standen wie Schwestern zueinander, und die Vorstellung, dass die eine aufs Festland fuhr, ohne die andere davon zu unterrichten, war abenteuerlich. Das musste auch einem Ignoranten wie Magnus Pleß einleuchten. Wo doch die ganze Insel immer darüber unterrichtet war, wer gerade wann und weshalb aufs Festland fuhr und wann er oder sie zurückerwartet wurde. Auch wenn die Fahrt aufs

Festland heute nicht mehr war als eine dreiviertelstündige Schiffsreise, nicht mehr Aufwand, als wenn ein Hamburger mit der S-Bahn von Wandsbek nach Blankenese fuhr. Eigentlich überhaupt kein Aufwand.

»Dann hatte sie vielleicht keine Lust zu arbeiten. Oder hat sich gestritten mit Kreske, wäre ja kein Wunder«, murmelte er in seinen Bart.

»Sie hat sich etwas angetan«, beharrte Fanny, und angesichts der Gefühlskälte ihres Dienstherrn setzte sie eine herzzerreißende Märtyrermiene auf und verließ mit Staubsauger und Wischeimer die Küche. Er würde ja sehen, wie schlimm das Schicksal mit ihr umsprang, wenn erst mal Carmen gefunden werden würde, vielmehr ihre Leiche ...

Noch vom Flur her hörte Magnus Pleß ihr Schluchzen und biss grimmig in sein krosses Brötchen.

5

Kriminalrat Johnson knallte den Hörer auf die Gabel und starrte auf sein Telefon wie auf einen soeben einer Straftat überführten Gewaltverbrecher. Er hatte noch einen alten, grauen Postapparat, den konnte man wenigstens ordentlich auf den Schreibtisch krachen lassen. Die neuen Dinger hielten das ja nicht mehr aus.

»Madame ist nicht im Hause«, sagte er. »Erst will sie die ganze Bande gleich einbuchten, ehe absehbar ist, ob wir überhaupt einen Haftbefehl bekommen, und dann, wenn's brennt, ist sie nicht zur Stelle.«

»Kollegin Maas hat über Ostern Urlaub angemeldet«, sagte Kriminaloberkommissar Karsten Scholz mit einer Stimme, die zwischen kleinlaut und schüchtern schwankte. Er war keineswegs froh, dass seine Vorgesetzte nicht zur Stelle war. Schadenfreude kannte er nicht. Dazu war er viel zu trocken und spröde. Außerdem sah er sein Osterwochenende dahinschmelzen wie ein Schokoladenei in der Sonne. Leichtfertigerweise hatte er keinen Extraurlaub angemeldet. Er war zwar nicht in Bereitschaft, aber diese feinen Unterschiede zählten bei der Kripo nicht, wenn es brannte ... wenn Kriminalrat Johnson befand, dass es brannte ...

Dieser erhob sich nun und schlug ohne Scham seine Rockschoße hoch, um die rutschenden Anzughosen hochzuziehen und das Oberhemd wieder fest hineinzustopfen. Von der Statur her zählte er zu den Gorillas und war in jungen Jahren auf der Wache Budapester

Straße tätig

gewesen, als K.-o.-Schläger – so jedenfalls erzählte man sich hinter vorgehaltener Hand in der Kantine. Solche Beamten mussten, wenn sie Abitur hatten und auf der höheren Polizeischule gewesen waren, später in den höheren Dienst abgeschoben werden, auf Nummer Sicher hinter einen Schreibtisch. Irgendwo, wo sie so wenig wie möglich mit den »Klienten« zu tun bekamen, sonst kam es irgendwann zu einer Katastrophe. Seit fünf Jahren schon war Johnson nun Leiter des Morddezernats im Hamburger Strohhaus, befehligte zwölf Hauptkommissare und -kommissarinnen mit ihren Ermittlungsgruppen, und nur ein einziges Mal war es zu Übergriffen von seiten der Polizei gekommen – jedenfalls war sonst nichts durchgesickert.

An diesem Osterwochenende sah Johnson endlich mal wieder seine große Stunde kommen: Er durfte – ja, er musste – praktisch Hand anlegen. Noch dazu in seinem Lieblingsrevierbezirk, Revierwache 15 am Spielbudenplatz, der sogenannten Davidswache. Mitten auf dem Kiez, wo Mafiabanden aus aller Herren Länder ihre Finger im Spiel hatten. Jetzt gab es die Gelegenheit, ein paar von diesen Ganoven zu erwischen, auf frischer Tat. An diesem Nachmittag nämlich sollte in einer Druckerei in der Clemens-Schultz-Straße ein Sortiment falscher holländischer Banknoten gedruckt werden; die Observation war seit gestern Abend im Gange. Alle Fakten überschnitten sich mit den Ermittlungsergebnissen aus der Arbeit der letzten Monate. Kollegin Maas hatte recht gehabt, man hätte schon eher eingreifen können. Die Indizien hätten vielleicht gereicht, um den Kern der Bande für eine Weile festzusetzen. Aber Johnson hatte sie alle, und zwar auf frischer Tat, ertappen wollen, und nun war es soweit. Vielleicht sollte er doch noch nach Hause fahren und diesen elenden Büroanzug gegen seine alte Einsatzkluft eintauschen. Er sah ja aus wie der Staatsanwalt persönlich. Einfach unsportlich.

»Haben Sie Ihre Leute im Griff, Scholz? Stehen alle heute Nachmittag zur Verfügung? Sowie wir die Bande hier haben, werden wir mit den Verhören beginnen.«

»Frau Bollmann und Herr Özökül werden ab sechzehn Uhr hier sein. Wir versuchen außerdem weiterhin, Frau Maas zu erreichen. Frau Bollmann weiß da noch eine Möglichkeit.«

»Fein, Kollege. Sehr fein. Dann wollen wir uns mal an die Arbeit machen. Bis später.«

Marie Maas und Tomkin hatten ihr Frühstück zelebriert, wie es sich für einen Urlaubstag gehörte. Osina Hansen, Kapitänswitwe und Zimmerwirtin seit gut zwanzig Jahren, ein bisschen korpulent, aber noch rüstig, hatte sie schon ungeduldig erwartet und schenkte ihnen sofort Kaffee ein. Um in den Frühstücksraum zu gelangen, hatten sie eine große Diele voller Gartenzwerge durchqueren müssen. Es sah aus wie eine Filmkulisse, eine Art Föhrer Disneyland, atemberaubend. Stumm vor Staunen trat die Kommissarin an den Frühstückstisch und fand auch hier jede Menge bunter Plastikfiguren, dazu ein rotes Körbchen mit Schokoladeneiern, einen Osterhasen, der auch als Weihnachtsmann durchgehen konnte, und verschiedene Häschenvariationen.

»Ostern ist ja erst morgen«, sagte Frau Hansen verschämt und strich sich über ihren Rock. Sie hatte sich extra in Schale geworfen für die Gäste. »Aber man lebt ja nur einmal, nicht wahr?«

Dagegen ließ sich nichts sagen.

Tomkin und Marie Maas aßen schweigend und systematisch alles auf. Sie ließen sich sogar noch Brot aufschneiden, nachdem sie die vier Brötchen verputzt hatten.

»Das ist die Nordseeluft. Viel Schlafen und Essen«, sagte ein Herr am Nebentisch, der wohl Lust auf ein Pläuschchen hatte. Die Kommissarin nickte stumm. Nicht unfreundlich, aber unmissverständlich ablehnend. Bloß nicht reden, ehe alles aufgegessen war.

Schließlich fegte Tomkin seine Krümel von der Tischdecke auf seinen Teller und hielt Ausschau nach einem Aschenbecher. Die Morgenpfeife war angesagt.

»Ehe du dir was anzündest«, sagte Marie Maas. »Ich finde, wir sollten heute Morgen nach Wyk fahren. Es gab dort so ein paar hübsche Geschäfte ...«

Tomkin nahm die Hand vom Aschenbecher.

»Geschäfte? Was steckt dahinter, Marie?«

»Nichts! Vielleicht will ich mir etwas Hübsches kaufen. Warum nicht? Ich habe nichts mehr anzuziehen. Der Bus fährt in wenigen Minuten.«

Tomkin steckte die Pfeife kalt in den Mund und biss unschlüssig darauf herum.

»Okay. We are going to start our holidays in Wyk-Harbour, let's go.«

Der Inselbus Richtung Alkersum, Oevenum, Boldixum, Wyk-Hafen fuhr gerade in Süderende ab, als Susanne Bollmann das erste Mal die Telefonnummer von Frau Hansen in Süderende/Föhr wählte und erfuhr, dass die Kommissarin »gerade eben« das Haus verlassen hatte.

Die Busse brauchten etwa eine Stunde, um – immer im Kreis herum – alle Inseldörfer einmal anzufahren. Hatten Marie Maas und Tomkin gestern mit Nieblum, Borgsum und Utersum den südlichen Teil der Insel kennengelernt, so war heute Morgen der nordöstliche Teil dran. Linker Hand ging es in die Marsch, flaches, grünes, dem Meer abgerungenes Land, von einem strengen, stetigen Westwind gepeitscht, mit Büschen und knorrigen Bäumchen an den Wegrändern und Knicks, die schräg in Windrichtung vom Boden weg wuchsen. Eine karge, den harten Lebensbedingungen auf der Nordseeinsel angepasste Landschaft, deren Reize sich nur dem erschließen, der sich die Mühe macht, sie verstehen zu lernen. Ganz zart am Horizont erhob sich als heller Wulst der Deich. Dahinter lag wieder ein Stück Wattenmeer, das von der Insel Sylt, dem Festland und Föhr eingeschlossen wurde. Und über allem wie eine dicke Steppdecke stahlgraue Wolken, die der Erde nur einen flachen Schlitz zum Atmen ließen.

Im Bus war es schön warm. Er war ganz leer gewesen, als sie in Süderende eingestiegen waren. Der Busfahrer musterte sie, als überlegte er, woher er sie kennen würde. Wahrscheinlich kannte er im Winter hier wirklich jeden Fahrgast. Ab jetzt musste er wieder

Fremde kutschieren. Er ließ sich jedoch nicht beirren und grüßte wie gewohnt mit einem freundlichen »Moin, moin«.

Sie fuhren durch alte Reetdachdörfer, Oldsum, Toftum, Alkersum, Midlum. In mancher Ortschaft gab es einen Lebensmittelladen oder eine Gastwirtschaft. Die Dörfer prangten wie bunte Flecken in dem Braun und Grau und matten Grün der Landschaft. Ihre Reetdächer duckten sich wie große Igel hinter die Wälle und Hecken. In den Ortskernen waren die Häuser dicht an dicht gebaut, durch enge Gassen miteinander verbunden, wie miteinander verwoben. Vor ein paar Jahren, vor dem Beginn des Tourismus, musste es hier noch anders ausgesehen haben. Abgeschottet von der Welt, selbst innerhalb der Insel abgeschottet Dorf für Dorf, nur mit sich selbst befasst und mit dem Schutz vor dem Wind und dem Meer und der Natur. Und heute: in jedem Haus eine Ferienwohnung.

Bis Boldixum wurde der Bus rappelvoll. Es hatte leicht zu regnen begonnen, und an jeder Bushaltestelle stiegen Leute ein. Die Rundtour durch Wyk begann, durch langweilige Reihenhaussiedlungen, dazwischen große Gebäude, die Kurheime, Pensionen oder Internate beherbergten. Tomkin hatte die Inselkarte entfaltet und verfolgte die Fahrtroute mit dem Finger. Marie Maas wollte einfach nur schauen.

»Hier«, rief Tomkin. »Gleich dahinter geht es zum Strand! Lass uns aussteigen!«

Ein schmaler Pfad zwischen zwei Häusern und durch einen kurzen, bewaldeten Dünenstreifen führte sie auf die Strandpromenade. Der Nieselregen wurde ihnen in Böen ins Gesicht getrieben. Aber hinter dem zehn Meter breiten Sandstreifen lag das Meer mit den Halligen am Horizont, die wie Schildkrötenrücken aus dem Wasser ragten. Eine weiße Fähre, gerade so eine wie die, mit der sie gestern hier angekommen waren, bewegte sich langsam auf den Wyker Hafen zu, der links von ihnen lag. Und an ihrer blanken Reling blitzte schon die Sonne mit ein paar Strahlen, die sie durch einen Schlitz in den Wolkenbergen schickte. Der Himmel riss immer mehr auf, die Windböen zerstreuten die Regenwolken und würden sie über kurz oder lang ganz vertreiben. Der Meeresraum schillerte in allen Farben des Regenbogens. Ein richtiger Apriltag, der nicht wusste, was er werden sollte. Auf jeden Fall ein Zauberwerk.

Untergehakt marschierten sie Richtung Hafen, immer die Fähre im Blick, die zum Greifen nahe parallel zu ihnen die Fahrrinne durchkämmte. Es war Flut, das Wasser reichte bis kurz vor die Strandkörbe, die ein Stückchen weiter aus einem grünen Lkw ausgeladen und wie bunte Pilze in den Sand gepflanzt wurden.

»Die Saison wird eröffnet«, sagte Tomkin feierlich, und dabei rann ihm ein feiner Regenfilm wie Schweiß über das Gesicht.

Marie Maas hielt ihre Jacke dicht unter dem Kinn zusammen und ließ sich das Wasser über die Haut laufen. Was machte es schon aus? War im Urlaub nicht alles erlaubt? Am Hafen mussten sie stehenbleiben und zusehen, wie sich die Fähre leerte. Unmengen von Menschen, mindestens ebenso viele wie gestern abend, verließen das Schiff und steuerten eilig auf die Bushaltestelle zu. Marie Maas erkannte »ihren« Busfahrer und nickte ihm zu. Er grüßte zurück. Ob er sie erkannt hatte? Kannte hier wirklich jeder jeden? Kannte man sogar die Gäste, wie die Touristen hier vornehm genannt wurden?

Als die letzten Ankömmlinge in Taxis und privaten Fahrzeugen verstaut waren, lag der Parkplatz vor der Fähre wieder leer und öde da. So sah er wohl den ganzen Winter über aus. Ein Bild des Jammers. Ehe die Kommissarin sich umwandte, um Tomkin in die Einkaufsstraßen von Wyk zu folgen, sah sie plötzlich einen Abschleppwagen heranfahren, und einen Augenblick lang war sie irritiert: dass es so etwas hier gab? Abschleppwagen. Der gehörte doch nach Hamburg.

Aber es gab diesen grell orangeroten Wagen nicht nur, er trat auch ganz normal in Aktion und schob einen dunkelgrünen Mercedes auf seine breiten Kufen, hievte ihn hoch auf die Ladefläche und fuhr mit der schweren Limousine direkt auf die Fähre.

»Vielleicht ist er kaputt«, murmelte die Kommissarin und hängte sich wieder bei Tomkin ein.

»Wie bitte?«

»Der Mercedes. Vielleicht ist er kaputt«, wiederholte sie. »Ja«, sagte Tomkin gedankenverloren und steuerte auf die Stülpe zu, ein eisernes Tor, das im Falle einer Sturmflut geschlossen werden konnte, um die Stadt vor dem Wasser zu schützen. Dahinter begann die Wyker Altstadt.

»Was meinst du, ob man hier englische Zeitungen

bekommt?«

Während Marie Maas still den Kopf schüttelte über Tomkins Sehnsucht nach der Londoner *Times* und seinem Verlangen, zu prüfen, ob nicht doch jemand sein Buch entdeckt und besprochen haben könnte, klingelte in Süderende ein zweites Mal das Telefon und hinterließ eine böse Nachricht. Aber noch dachte die Kommissarin nicht daran, wieder nach Hause zu fahren.

6

Magnus Pleß ließ den Telefonhörer auf die Gabel fallen und sich selbst in einen alten, verschlissenen Lesesessel mit buntem Chintzbezug, der noch aus besseren Zeiten stammte, aus den Zeiten seiner Ehe mit Elli, der Tochter aus gutem Hause. Das war die richtige Frau für einen Künstler wie ihn gewesen. Eine echte Mäzenin. Nur leider darüber hinaus eine dumme Ziege. Eine langweilige, prüde, spießige Bürgersfrau, deren Reize innerhalb der ersten Ehejahre restlos verpufft waren. Was für eine gottlose Stunde, dass er jetzt an Elvira denken musste. Womöglich lebte sie schon längst nicht mehr. Auch das würde ihn völlig kaltlassen.

Er wischte sich den Schweiß von der Stirn mit einem buntgefleckten Taschentuch, das er aus seiner rechten Hosentasche zog. Dieser Schock hätte ihn das Leben kosten können. Er spürte, wie seine Pumpe ging. Zu Elviras Zeiten jedenfalls hat er das alles nicht nötig gehabt. Er schnaufte, schloß die Augen und lehnte sich einen Augenblick zurück.

Was nun?

Nach dem Frühstück, das Fanny ihm mit ihrer blöden Heulerei verdorben hatte, hatte er das erste Mal in Hamburg angerufen. Er wollte Ludwig sprechen. Er musste ihn sprechen. Es fiel ihm nicht ein, hier länger den Aufpasser zu spielen. Das konnten sie nicht von ihm verlangen. Sein Metier war das Malen, das war genug. Für anderes taugte er nicht. Warum begriffen diese Idioten das nicht? Er war Künstler, Maler, nicht irgendein Ganove, den man für allerlei Blödsinn abkommandieren konnte. Hätte er sich bloß nie auf die ganze Sache eingelassen! Wieder sprangen seine Gedanken zu Elvira. Er sah sie im weißen, hochgeschlossenen Sportdress über ein rotes Tennisfeld hasten, den Schläger ungeschickt in der Hand ... sie sollte ja zu den Sportlern gegangen sein, nachdem die Künstler, allen voran er, Magnus Pleß, sie so schmählich ausgenommen hatten, und nur um des Geldes willen, bla, bla, bla. Vielleicht hätte er nie heiraten sollen. Das war's. Warum war er nicht schwul wie viele seiner Kollegen? Da kam man gar nicht erst in Gefahr, seinen Gönnerinnen irgendeinen Gefühlsschmus vorzuspielen; nur weil das liebe Geld winkte. Jedenfalls kam man dann nicht auch noch auf den blöden Gedanken, die Auserwählte zu heiraten. Er hatte wirklich alles falsch gemacht im Leben. Späte Erleuchtung.

Beim ersten Versuch heute Morgen war der Bursche nicht da gewesen. Gut, damit konnte er leben, auch wenn es sein Problem nicht löste. Aber was sollte denn das jetzt: »Hier spricht die Polizei. Geben Sie Ihren Namen an. Wer sind Sie, von wo aus rufen Sie an?«

Magnus Pleß konnte sich überhaupt nicht wieder beruhigen. Er ahnte, dass es von nun an keine Beruhigung mehr geben würde, dass etwas geschehen war, das sich nicht wieder einrenken ließ. Die Hamburger Bude war aufgeflogen.

Er konnte den Gedanken gar nicht zu Ende denken. Zehn Jahre Arbeit waren dahin.

Oder? Immerhin hatte er zehn Jahre lang davon gelebt. Und jetzt? Was war bloß geschehen?

Wenn er versuchte, sich aufzurichten, fing sein Herz wieder an zu rasen, und ihm wurde schwarz vor Augen. Er lehnte sich im Sessel zurück, atmete ruhig und flach und versuchte, einen klaren Gedanken zu fassen. Es ging nicht. Sein Gehirn war blockiert. Es ließ nicht zu, dass er über die Konsequenzen nachdachte. Er rekapitulierte erneut die Fakten. Er hatte in Hamburg angerufen. Am Telefon war am Morgen niemand drangegangen, am Nachmittag hatte jemand abgehoben.

»Hallo? Wer spricht da?« hatte Magnus gesagt, wie immer, wenn er anrief. Aber die Gegenseite hatte ebenfalls nur »Hallo?« von sich gegeben.

»Kann ich Ludwig sprechen?« hatte er gefragt. War das schon zuviel gewesen? Hatten sie womöglich eine Fangschaltung installiert, konnten sie die Verbindung bis zu ihm zurückverfolgen? Eine neue Welle von Panik erfasste ihn. Aber er hatte höchstens eine halbe Minute gesprochen. Unmöglich, ihn anzupeilen.

»Ludwig ist nicht da. Wer sind Sie? Kann ich etwas bestellen? Soll er Sie zurückrufen?«

Da hatte er gestutzt. Niemand dort bot jemals an, etwas auszurichten oder zurückzurufen. Das war einfach nicht das normale Verfahren. Er war vorsichtig geworden. Hatte gezögert.

»Nein. Ich rufe noch mal an.«

Und dann kam es.

»Bleiben Sie am Apparat. Hier spricht die Polizei. Geben Sie Ihren Namen an. Wer sind Sie und von wo sprechen Sie?«

Er hatte den Hörer fallen lassen, als wäre er glühend heiß. Der Schock kam erst später.

Das Unmögliche war geschehen. Irgendwann musste es ja wohl geschehen. Die Bude war hochgegangen, und die Frage war jetzt, wer mit hochgegangen war. Ludwig etwa? Und was war dann mit Carmen? Um Himmels willen, womöglich hatte sie ihn schon erkannt, er konnte sie doch nicht wieder laufenlassen.

Das Hemd wurde ihm zu eng, der Kragen drohte ihn zu erwürgen. Obwohl er immer Flanell- oder Jeanshemden trug, die er am Kragen weit offenstehen ließ. Er brauchte einen Arzt. Er hatte Angst. Magnus Pleß hatte Todesangst – die Insel Föhr würde doch nicht ihren berühmten Maler mit einer Herzattacke im Sessel krepieren lassen? Ob er es bis zum Telefon schaffte?

Er atmete schwer. Schmerzte ihn noch immer die Brust? »Magnus Pleß, der berühmte Landschaftsmaler, Mitglied einer Fälscherbande.« Er stöhnte auf, als er sich die Schlagzeile im *Inselboten* vorstellte. »Magnus Pleß, der berühmte Maler von Föhr, ein Fälscher und Kidnapper!«

Bei diesem Satz wurde er plötzlich wieder klar im Kopf. Das ging zu weit. Das war nicht sein Stil. Das würde seine künstlerische Arbeit verunglimpfen. Das durfte nicht geschehen.

Er schob sich langsam, Zentimeter für Zentimeter, aus seinem Sessel, arbeitete sich in die Höhe. Mit kleinen Schritten kam er bis zum Fenster, riss einen Flügel auf und atmete die frische Luft ein. Ein paar Sonnenstrahlen brachen durch die Wolken, es würde einen Regenbogen geben jetzt am Südstrand. Schade, dass er keine Zeit dafür hatte. Er musste jetzt vor allem die Nerven behalten.

»Ja ... ja ...« Die Kommissarin dehnte den Vokal und hob die Stimme am Ende, als würde sie in der Dominante sprechen, die mit dem Leitton unweigerlich zurück zur Haupttonart und damit zum Schluss führen würde.

»Ja.« Da war der Schluss.

Tomkin ließ sie nicht aus den Augen. Marie Maas spielte mit der Telefonschnur, zwirbelte das schwarze Kabel einen Augenblick lang zwischen den Fingern, als wollte sie es wieder geradeziehen. Es war aber schnurgerade, so als würde das Telefon nie benutzt werden. Ein uralter, schwarzer Apparat, der sicher schon Sammlerwert hatte. Außer Tomkin stand noch Frau Hansen in der Diele und hörte gebannt zu. Für sie war ein Telefonat eine öffentliche Angelegenheit, wie ein Unfall oder eine Verhaftung. Vorkommnisse, bei denen man als aufmerksamer Mitbürger stehenbleiben und aufpassen muss, ob Hilfe nötig ist. Sie wischte sich unablässig die Hände an ihrer Schürze ab, obwohl sie schon lange nicht mehr feucht sein konnten vom Abspülen. Hinter ihr grinsten wie ein satanischer Chor die Gartenzwerge im Halbdunkel.

»Was guckt ihr denn so?« fuhr Marie Maas Tomkin an, als wäre er für die Neugier ihrer Vermieterin mitverantwortlich. »Es ist alles in Ordnung. Johnson hat zugeschlagen.«

»Und? Was heißt das?«

Marie Maas seufzte gereizt und schob Tomkin außer Hörweite von Frau Hansen, die eilig in ihrer Küche verschwand.

»Gehen wir aufs Zimmer«, sagte sie.

»Nein«, rief Tomkin. »Was sollen wir dort? Wir wollten uns Fahrräder leihen, die Sonne scheint, hast du eben noch festgestellt. Die Küste ruft. Was ist los?«

»Ich sagte doch: Johnson ist in Aktion getreten.« Eine Böe riss ihr die Tür zum Hof aus der Hand, von wo aus über eine Außentreppe ihr Zimmer im Anbau zu erreichen war. Über strahlendblauen Himmel wurden dicke, weiße Wolkenfregatten getrieben. Dazu lachte die frisch polierte Aprilsonne. Mit Rückenwind müsste man jetzt eine herrliche Radtour machen können und anschließend in Utersum auf dem Deich die Sonne hinter Sylt verschwinden sehen. So jedenfalls hatte es in Tomkins schlauem Reiseführer gestanden. Auf dem Rückweg hätten sie sich eine Vogelkoje ansehen können. Eine ganz besondere Attraktion der Nordseeinseln. Wildenten-Fanganlagen, eine Art Irrpark für die armen Tiere, in die sie auf ihrer Reise in die Überwinterungsgebiete am Ärmelkanal gelockt wurden und dann gefangen und getötet. Früher, versteht sich. Als die Menschen noch grausam waren.

»Heißt das, du musst zurück?«

Tomkins Stimme klang so kläglich, dass Marie Maas ihm schnell die Arme um den Hals legte.

»Was hältst du davon, wenn ich gleich wiederkomme? Morgen Abend, zum Beispiel. Spätestens Montag. Wir machen einfach Urlaub nach Ostern. Und du bleibst inzwischen hier, fühlst dich wohl, unterhältst dich mit Frau Hansen, erkundest die besten Kneipen und Restaurants, den besten Standort für den Sonnenuntergang, die besten – was weiß ich, was die Insel noch zu bieten hat. Und wenn ich wiederkomme, haben wir mehr Zeit, mehr Ruhe, weniger Leute hier – also, ist die Idee nicht genial? Warum haben wir es nicht gleich so gemacht?«

Tomkins Miene schwankte zwischen belustigt und beleidigt. Schließlich siegte sein Humor. Hatte er nicht gerade noch in Wyk am Zeitschriftenkiosk verkündet, er würde hier auf der Insel bleiben, bis sie ihn nicht mehr haben wollten, nur weil es hier keine *Times* gab und er den Stress nicht hatte, sie jeden Morgen ergattern und lesen zu müssen? Da konnte er nun schlecht einen Rückzieher machen.

Vorsichtig befreite er sich aus dem Klammergriff der Kommissarin und zog den Bus- und Fährfahrplan aus der hinteren Hosentasche.

»Die letzte Fähre geht schon um neunzehn Uhr!« protestierte er dann vehement. »Dann können wir nicht einmal unseren Tisch im ›Pferdestall‹ in Anspruch nehmen. Marie, das kannst du nicht machen!«

»Du kannst ihn doch in Anspruch nehmen. Du gehst allein und isst für zwei – kein Problem!«

Eine halbe Stunde später saß die Kommissarin wieder im Bus und fuhr zum dritten Mal quer über die Insel, die ihr in diesen vierundzwanzig Stunden schon ganz vertraut geworden war. Die kleinen Dörfer mit den großen, breiten Backsteinkirchen, deren klobige Türme man weit über die Insel sehen konnte, die dunklen Gebüsche, die unter dem ständigen Westwind schräg lagen und wie Inseln in der Weite des flachen, grünen Weidelandes aufragten, die Deiche, die hinter dem Marschland den Blick begrenzten und neugierig machten auf die Wattlandschaft dahinter. Sie war ganz fröhlich trotz dieses Abrufs, denn sie würde ja zurückkommen. Sie würde die ganze Nacht über Verhöre leiten, gegen Morgen jemanden losschicken, um belegte Brötchen von irgendeinem unchristlichen Imbissbesitzer zu holen, der auch am heiligen Ostersonntag geöffnet hatte, und weitermachen, bis die Jungs anfingen zu reden. Vier Männer hatten sie verhaftet. Darunter diesen Ludwig Baron von Pfeffern, der ihr schon öfter über den Weg gelaufen war, ohne dass sie jemals etwas gegen ihn hatte unternehmen können. Ein verarmter Adeliger, der seine gute Erziehung und seine Kontakte dazu benutzte, um allerlei krumme Geschäfte zu machen. Die anderen kannte sie nicht. Gute Arbeit von Johnson, dass er den erwischt hatte. Ihr Jagdinstinkt machte sich bemerkbar, jedenfalls führte sie die aufgeregte Anspannung in der Magengegend darauf zurück. Den Baron würde sie sich mit Vergnügen vorknöpfen. Der sollte nicht morgen Abend, nach Ablauf der Frist für eine vorläufige Festnahme, wieder auf freiem Fuß sein. Der nicht, das schwor sie sich.

Als sie aus dem Busfenster sah, tauchte wieder so eine schräg geschorene Baumgruppe vor ihr auf. Noch eine Vogelkoje? Die ganze Insel schien damit gepflastert zu sein. Sie war neugierig. Sie wäre keine gute Tierschützerin geworden. Sie aß gern Fleisch, vor allem, wenn es so gut zubereitet war wie gestern Abend im »Pferdestall«. Ihre Gedanken sprangen zurück zu Tomkin, der sich jetzt wohl auf den Weg machte, um sich an den reservierten Tisch von Kreske Lieuwering zu setzen und ein gutes Warsteiner auf ihr Wohl zu trinken. In letzter Minute und indem sie ihn an das gute Bier erinnerte, hatte sie ihn überreden können, sie nicht zur Fähre zu begleiten, sondern allein essen zu gehen.

Die Fähre lag schon bereit, als der Bus am Hafen in Wyk eintraf. Nur wenige Menschen standen an der Reling, der Salon mit dem Restaurant war völlig leer.

Marie Maas setzte sich ans Fenster über der Brücke und starrte in die Abenddämmerung, die über dem Wasser aufzog und die Halligen plastisch und überdeutlich hervortreten ließ. Es war Ebbe. Große Schlickflächen glänzten von weitem jenseits der ausgebaggerten Fahrtrinne.

Ein bisschen traurig war es doch, wieder wegzufahren. Sie verkniff sich einen Seufzer und bestellte einen Pharisäer und ein paar Würstchen bei einem Kellner, der sie mit seiner Adrettheit und stillen Diskretion angenehm überraschte.

7

Tomkin ging gar nicht erst zurück auf sein Zimmer. Nachdem die Rücklichter des Autobusses, der Marie Maas zur Fähre brachte, verschwunden waren, stand er noch eine Weile unschlüssig neben dem Bushäuschen in Süderende. Der Wind blies ihm die Haare ins Gesicht und zerrte an ihnen herum, dass er das Gefühl hatte, jedes einzelne Haar würde getestet, ob es auch noch kräftige Wurzeln hatte und fest in der Kopfhaut verankert war. Sein Gesicht brannte vom Wind und von dem bisschen Sonne heute, und auf der Stirn schien die Haut zu eng geworden zu sein.

Er streichelte einem Pony die Nase. Die Weide reichte direkt bis an die Bushaltestelle heran. Das Tier sah ihn plötzlich böse und fast verschlagen an. Womöglich würde es gleich die großen Zähne entblößen und ihn in die Hand beißen. Missmutig schüttelte es die dicke Mähne und trottete wieder davon, verschwand schnell in der Dämmerung.

Plötzlich schienen Tomkin die beiden Tage allein ohne Marie auf dieser Insel endlos lang. Was sollte er bloß anfangen? Warum hatte sie ihn hierhergelockt und musste nun wieder einmal verschwinden, ohne dass die geringste Garantie bestand, dass sie bald zurückkommen würde?

Was war er nur für ein Trottel, dass er sich immer wieder auf so etwas einließ. Wie das Pony schüttelte er verärgert den Kopf und versuchte seine Haare aus dem Gesicht zu

bannen. Aber der Wind schleuderte sie ihm immer

wieder vor die Augen, über die Nase. Schlechtgelaunt beschloß er, sich mit einem Whisky zu trösten. Wenn er in diesem Restaurant schon nichts zu essen bekam, konnte er sich doch wenigstens dort vollaufen lassen.

An jeder Straßenecke des Dorfes – das allerdings höchstens drei Straßenecken besaß – befand sich ein Hinweisschild auf den »Pferdestall«. Irritiert versuchte Tomkin die Pfeile, die um Ecken herumleiteten, nachzuvollziehen. Da er sowieso von Natur aus links und rechts verwechselte und außerdem durch den Rechtsverkehr auf dem Kontinent restlos durcheinandergeriet, gelang es ihm einfach nicht. Er schlenderte um die Ponykoppel herum, bestaunte ein Reetdachhaus, das über und über mit Efeu bewachsen war und neben dessen Fenstern Kletterrosen wucherten, und zählte die Schilder in den Fenstern, die Ferienzimmer anpriesen. Es waren auf Anhieb sechs. Alle zurzeit besetzt. Vor jedem Haus standen große Kombiautos mit Kennzeichen quer durch die ganze Republik. Hamburg überwog. Das südlichste war SI für Siegen. Vielleicht lagen in den anderen Bundesländern die Ferien früher oder später.

Alle Häuser waren gleich hübsch und gepflegt. Es schien einen Standard zu geben für die Stärke der Reetdachpolster, die den alten Friesenhäusern das gesunde, heimelige Aussehen verliehen; für die Bauerngärten, die üppig bepflanzt waren und im Sommer in allen Himmelsfarben blühen mussten, ohne allzu geordnet zu wirken; für die kalkweiße Farbe der Giebel mit den verschieden gestalteten, niedrigen Haustüren, die die Hausfronten in zwei symmetrische

Hälften teilten; für die bunten Fensterrahmen, die kleinen, unterteilten Scheiben ohne Gardinen, die so niedrig unter dem Reet gelegen waren, dass man von der Straße aus hineinschauen und die Bewohner beobachten konnte. Und für die Art und Weise, jeden, egal ob es sich um einen Fremden oder um einen Einheimischen handelte, freundlich zu grüßen, als wäre er ein alter Bekannter.

Tomkin strich noch einmal um den Häuserkomplex, in dessen Mitte sich das Restaurant befinden musste, die Hände auf dem Rücken verschränkt und aufmerksam in sich hineinlauschend, ob seine Laune sich nicht wieder bessern wollte. Nein, nichts zu machen. Es blieb dabei.

Die Wärme von vielen Menschen, einer Küche unter Volldampf und einer angenehmen Heizung schlug ihm entgegen. Es war wieder einmal voll im »Pferdestall«, wenn auch nicht so gestopft wie am Vorabend. Auch war die Atmosphäre nicht so stressgeladen. Die Gäste saßen ruhig an den Tischen, löffelten Suppen, pickten in großen Salattellern herum. Die Kinder hockten brav in ihren Kinderstühlen, die wie kleine Türmchen neben den Tischen standen und den Nachwuchs auf ihren Zinnen trugen.

Eine Kellnerin in weißer Bluse und dunklem Rock strich ruhig durch den Raum, zwei Teller mit köstlich duftenden Lammfilets zogen unter seiner Nase vorbei. Sofort meldete sich sein Magen. Eine zweite Kellnerin, die er als Aushilfe vom Vorabend wiedererkannte, schoß in bereits bekannter Hektik mit einem Tablett voller Biergläser durch den Gastraum. Sie beachtete ihn nicht.

Tomkin ging geradewegs auf den Tresen zu. Hier befanden sich u-förmig angeordnet drei Tresentische mit hohen Hockern und einer mit Lammfell gepolsterten Bank an der Rückwand. Von hier aus hatte er den besten Überblick über den ganzen Laden.

Kaum hatte er sich gesetzt, erschien die neue Kellnerin mit normaler Gangart und legte ihm die Karte vor.

»Na, sind Sie wieder aufgetaucht«, sagte Tomkin ganz gegen seine Gewohnheit im Plauderton. Er fühlte sich so einsam und verlassen, dass er jetzt mit irgendjemandem über irgendetwas sprechen musste. Und dabei hatte Marie noch nicht einmal die Insel verlassen, es war doch erst Viertel vor sieben. Um sieben Uhr legte die Fähre ab. Endlos lange also bis zu ihrer Rückkehr.

»Bringen Sie mir einen Whisky, mit Eis bitte. Schottischen, wenn Sie haben.«

»Glenfiddich?« fragte die Kellnerin. Sie war blond und frisch wie eine Margerite. Ihre Bluse kam garantiert direkt aus der Wäsche.

»Gern«, sagte Tomkin.

Kaum hatte er sein Glas vor sich, erschien die Chefin persönlich hinter der Bar, stützte sich mit ausgestreckten Armen auf den Tresen und überblickte den Restaurationsraum wie ein Kapitän sein Schiff.

»Heute wieder alles okay?« fragte Tomkin von hinten.

Kreske Lieuwering drehte sich um.

»Ach, Sie sind es wieder. Wir hatten doch einen Tisch für Sie reserviert um achtzehn Uhr. »Für Sie und Ihre ...«

»Yes, I know. Ich konnte nicht pünktlich kommen, und meine Freundin, wissen Sie, sie ist überraschend abgerufen worden. Sie musste dienstlich zurück nach Hamburg, leider.«

»Jetzt haben wir den Tisch anderweitig besetzt.« Kreske sah Tomkin strafend an, als ob er sie hätte betrügen wollen. Sofort bekam er ein schlechtes Gewissen. Nun hatte er ihr nettes Angebot einfach missachtet, wie peinlich. Vielleicht durfte er ja am Tresen essen. Er würde gern dieses wunderbare Lammfilet bestellen.

»Ist Ihre Freundin Ärztin?« fragte Kreske.

»Nein. Äh, ja, so ähnlich«, murmelte Tomkin. Marie Maas hasste es, wenn Fremde über ihre Zugehörigkeit zur Kripo Bescheid wussten. Das führte unweigerlich zu Komplikationen.

Kreske sah ihn noch skeptischer an. Von Freundlichkeit und Verbindlichkeit keine Spur mehr. Prüfung nicht bestanden, er war für sie einfach durchgefallen. Nervös trank Tomkin einen Schluck Whisky. Solchen Frauen war man als Mann nur gewachsen, wenn man mit ihnen flirtete. Aber danach stand ihm jetzt überhaupt nicht der Sinn.

»Ihre Kellnerin ist ja wieder da«, sagte er betont fröhlich und wollte damit sagen, dass er die Malheurs vom Vorabend völlig verziehen hatte.

Kreske sah ihn mit zusammengekniffenen Augen an. Jetzt war sie unverhohlen genervt. In ihrem Blick lagen Spott und Gereiztheit, als hätte er die größte Dummheit des Jahres zum Besten gegeben. Er spürte plötzlich, wie der Lammfellsitz unter ihm heiß wurde.

»Was meinen Sie? Welche Kellnerin?« fragte Kreske schroff.

»Na, gestern Abend war doch eine Kellnerin ... abhanden gekommen ...« Tomkin suchte verzweifelt nach dem passenden deutschen Ausdruck. Wenn man ihn verunsicherte, verflüchtigten sich seine deutschen Sprachkenntnisse, als wären sie nur Schatten. Keine einzige Vokabel fiel ihm mehr ein. Die zwei Schluck Whisky hämmerten in seinem Hinterkopf. Sie setzten sich hinter seine Augenhöhlen und waren das einzige, was dort noch saß.

»Ach, die, die ist weg, ja. Ach so, das haben Sie ja mitbekommen.« Kreske brach in ein helles Wiehern aus und erinnerte Tomkin an das misstrauische Pony auf der Weide. »Sie waren der Herr mit der Suppe auf der Hose!« Wiehernd und kichernd schob sie sich am Tresen entlang Richtung Küche. »Wir hätten es schon nicht vergessen, Sie haben ja heute abend freies Essen. Darauf wollten Sie doch hinaus, oder?«

»Nein, ich ... bin eigentlich gar nicht hungrig«, stammelte Tomkin und wünschte nichts sehnlicher, als diesen Ort so schnell wie möglich zu verlassen. »Ich habe schon gegessen, heute Mittag, wissen Sie. Danke, trotzdem. So war das auch nicht gemeint. Ich wollte nur einen kleinen Whisky trinken, und dann gehe ich nach Hause. Ja ...«

Kreske war in der Küche verschwunden, aus der plötzlich lautes Gelächter scholl. Wahrscheinlich lachte man dort noch einmal über die Sache mit der Krabbensuppe. Ärgerlich dachte er, dass die Suppe schließlich auf Maries Hosenbeinen gelandet war und nicht auf seinen. Warum lachte man jetzt über ihn? Er konnte es nicht leiden, wenn man sich über ihn lustig machte. Noch dazu, wenn er ganz ohne eigenes Verschulden Opfer eines Missgeschicks geworden war. Das war ungehörig. Für ihn war das der letzte Abend im »Pferdestall«. Sollte sie sich doch ihre Lammfilets ...

»Bitte schön. Mit einer Entschuldigung aus der Küche.«

Die adrette Kellnerin in weißer Bluse schob einen großen, heißen Teller vor ihn hin mit zwei schmalen, dampfenden Lammfiletstücken, die auf einem Häufchen Rahmspinat ruhten und mit dem anderen Ende in einer feinen, dunklen Rotweinsauce tunkten, die kräftig nach Thymian duftete. Am Tellerrand lagen ein paar mit Petersilie bestreute Salzkartoffeln, und als Garnitur gab es ein Salatblatt und ein Viertelchen Tomate. Wie eine Tomate fühlte auch Tomkin sein Gesicht glühen.

Dann würde er eben doch hier essen. Als die Kellnerin wieder an ihm vorüberstrich, bestellte er einen zweiten Whisky. Aus Trotz. Er hatte hier ja nichts mehr zu verlieren.

8

Tomkin erwachte von einem Geräusch, als schmisse jemand Sand gegen seine Fenster. Oder hatte er geträumt, es schmisse jemand Sand gegen die Fenster? Jemand, der empört war über seine Bücher, jemand, der ihn angriff?

Verschlafen rieb er sich die Augen und blinzelte in die fremde Umgebung. Er hatte doch erst ein einziges Buch geschrieben, tröstete er sich. Es konnte sich also wirklich nur um einen Traum handeln. Einen Alptraum, um korrekt zu sein. A *nightmare.* Aber bei dem Geräusch handelte es sich tatsächlich um etwas, das gegen seine Fenster geworden wurde. Nur war es Wasser, ganz ordinärer Regen.

»Verfluchte Insel«, schimpfte er auf Deutsch. Warum war er eigentlich noch hier?

Er richtete sich vorsichtig auf und wankte mit unsicheren Schritten zum Waschbecken. Er warf einen Blick in den Spiegel und lief sofort wieder ins Bett. Was hatte er gestern getrieben? Was hatte er mit seinem Gesicht veranstaltet?

Als er zum zweiten Mal erwachte an diesem Ostersonntagmorgen, etwa drei Stunden später, so um die Mittagszeit, regnete es immer noch. In seinem Kopf aber sah es etwas geordneter aus. Wenigstens konnte er wieder aufrecht gehen, und der Blick in den Spiegel ließ ihn zwar den Kopf schütteln, warf ihn aber nicht mehr um. Er war versackt. Er war mit einem ... mit diesem ... wie hieß er noch? Ein Maler, ganz bekannt, und ein großer Freund von Wein und Bier und Whisky … aber der Name war ihm entfallen.

Er hatte ihn in der Marsch getroffen, auf dem Weg zum Deich. Er hatte vorgehabt, bis zum Deich zu laufen nach dem zweiten unerfreulichen Abend in diesem Restaurant, wo man sich offenbar gegen ihn verbündet hatte. Losgewandert war er, immer gegen den Wind, in der Hoffnung, das Meer zu finden oder das Watt oder was auch immer, jedenfalls einen Flecken ohne Menschen. Denn er spürte einen Satz heraufdämmern, einen ersten Satz, eine Wortgruppe, die schon fast deutlich vor ihm stand. Er wollte noch warten mit dem Aufschreiben, bis sie sich ihren Standpunkt fest gewählt hatte, bis sie sich entschlossen hatte, bei ihm zu bleiben, sich bei ihm einzunisten, in seine Schriftstellerlaube einzuziehen und dort zu brüten, neue Sätze auszubrüten, immer längere und immer mehr, eine Geschichte zu werden, eine Erzählung, ein Roman, ein Zyklus vielleicht. Er konnte sie nicht überreden, bei ihm zu bleiben, Worte waren so frei wie Zugvögel, man konnte sie nicht fangen und zu nichts zwingen. Wenn sie ausblieben, blieben sie aus, und das Papier blieb weiß und leer, und statt eines Textes entstand eine Depression. Das kannte er nur zu gut. Aber er kannte auch dieses Heraufdämmern. Und er war doch nun ein routinierter Schriftsteller, er hatte doch schon ein Buch geschrieben und würde beim zweiten nicht noch einmal alle Fehler und Ängste und Unsicherheiten wiederholen. Er hatte gelernt, zu arbeiten, und würde sich nicht wieder so leicht ins Bockshorn jagen lassen.

Mit diesen Gedanken im Kopf, also mit möglichst wenigen Gedanken, war er in die Dunkelheit hineinmarschiert, immer gegen den Wind. Über eine Landstraße, von der er bei der ersten Möglichkeit abbog, damit ihn keine Autos mehr überholten, ihn womöglich übersahen, zumindest aber irritierten und ablenkten vom konzentrierten Geschäft des Anlockens der Worte, des Umgarnens des ersten Satzes, des Einzugs der Bienenkönigin in seinen Bienenstock.

Er hatte den Fahrradfahrer überhaupt nicht kommen hören, obwohl der Wind sämtliche Geräusche vor sich hertrug. Aber das Rauschen und Schlagen im Gebüsch und in den Wiesen war so viel lauter. Und da das Rad kein Licht hatte, sah er auch keinen tappenden Lichtkegel auf sich zukommen; er achtete nur auf den blassen, niedrig hängenden Mond, den Himmel ohne Sterne und die vielfältigen Schatten vor und neben sich, die ihn beunruhigt hätten, hätte er darüber nachgedacht. Erst als sie fast auf gleicher Höhe waren, was plötzlich ganz schnell ging, denn der Wind stand dem Fahrradfahrer im Rücken, schrak Tomkin auf und grüßte mechanisch. Der Radfahrer bremste ab und rollte langsam auf ihn zu.

»Ist es noch weit bis zum Strand?« rief Tomkin, und der Wind riss ihm die Worte vom Mund.

»Was sagen Sie? Welcher Strand? Hier ist kein Strand.«

»Hier geht es doch zum Wasser, oder?« sagte Tomkin und wies nach vorne auf einen dunklen Schatten, den er für den Seedeich gehalten hatte. Es konnte aber auch ein Wäldchen sein.

»Wo wollen Sie denn hin zu dieser nachtschlafenden Zeit? Es gibt bald Regen. Gehen Sie lieber nach Hause«, rief der Mann mürrisch. Tomkin erkannte jetzt eine gedrungene Gestalt, die wie ein Plumpsack auf einem alten Damenfahrrad saß. Das Gesicht des Mannes war ganz zugewachsen von einem eisgrauen Bart, die Haare hingen lang und strähnig unter einem breitkrempigen Hut hervor, der durch reine Zauberei trotz des Windes auf seinem Kopf sitzen blieb. Unschlüssig steckte Tomkin die Hände tief in die Hosentaschen und blinzelte noch einmal in die Dunkelheit.

»Was ist denn das da vorne? Ist das nicht der Deich?«

»Das ist die Oldsumer Vogelkoje.«

Tomkin schüttelte den Kopf und wandte sich um. Hinter ihm lagen endlos weit entfernt die Lichter des Dorfes, aufgereiht wie Lämpchen von einem Christbaumschmuck. Der Alte kletterte von seinem Fahrrad herunter und kam noch näher.

»Kommen Sie lieber mit, in den Marschen kann man sich leicht verlaufen. Im Dorfkrug gibt es jetzt einen Umtrunk. Vorhin war Osterfeuer und Platzkonzert. Mächtig viel los. Das wird Sie interessieren. Woher kommen Sie denn?«

Erst war er neben dem Rad gegangen, dann hatte der Alte ihn ein Stück weit auf seinem Gepäckträger befördert, zumal der Wind die halbe Arbeit tat.

In der Kneipe ging es hoch her, draußen wurde gegrillt hinter einem Wind- und Regenschutz, Mädchen und junge Frauen liefen in Trachten herum und tanzten zur Kapelle. Ein Bier war zum anderen gekommen, der Maler ließ ihn nicht wieder aus den Klauen, nachdem er gehört hatte, dass Tomkin aus London kam. Er wollte ihm sein Haus zeigen und seine Bilder und hatte aus irgendeinem Grund einen Narren an ihm gefressen. Schließlich ging man zu Korn über, dann wurde Friesengeist in Schnapsgläsern serviert und angezündet, dazu gab es fettige, salzige Würste, sodass man wieder Bier trinken musste.

Irgendwann hörte Tomkin eine Uhr Mitternacht schlagen, aber da war er schon so fertig, dass er nicht mehr wusste, wie er nach Hause kommen sollte und wo das Häuschen von Frau Hansen überhaupt gelegen war. Irgendjemand hatte ihn schließlich hingefahren. Hausschlüssel und Bett hatte er dann wohl allein gefunden. Wenn bloß Marie nicht anrief und ihn in diesem Zustand erwischte! An das, was geredet worden war die ganze Nacht lang, konnte er sich nicht erinnern. Nur der Satz, der ihm in den Kopf getrieben war nach dem Abendessen im »Pferdestall«, der war nicht fortgeschwemmt worden. Glasklar stand er hinter seiner Stirn und wartete darauf, aufgeschrieben zu werden.

Nach einer heißen und kalten Dusche und nachdem er eine große Kanne Kaffee auf sein Zimmer geordert hatte, stopfte Tomkin sich die Bettdecke in den Rücken, setzte sich aufrecht ins Bett und begann zu schreiben.

9

Es goß in Strömen. Die kleinen grünen Blättchen, die die ersten warmen Tage vor Ostern aus dem schwarzglänzenden Holz der Zweige gelockt hatten, bildeten noch lange kein Dach, kein schützendes Grün, und die junge Frau sah verzweifelt nach oben, von wo das Unheil auf sie niederprasselte. Sie hatte ihr Fahrrad mit zwei Schlössern an einen dünnen Baum angekettet, der von einem viereckigen, mit Baumrinde kompostierten Feld umgeben war, das regelmäßig von Hunden frequentiert wurde. Fast bis zu den Knöcheln versank sie im Morast. Sich mit ihrem Schicksal abfindend, begann sie, den unhandlichen Kasten, den sie unter dem Arm trug, ein in Plastik eingeschlagenes Etwas, auf ihrem Gepäckträger zu befestigen. Wieder und wieder zog sie die Plane zurecht. Der Form nach konnte darunter ein altes Röhrenradio verborgen sein oder eine Schatztruhe, so sorgfältig ging sie damit um. Das Wasser lief ihr in den Kragen ihrer grellbunten Baumwolljacke, Böen zerrten an ihren Hosenbeinen, die klatschnass an den Beinen klebten. Sie hantierte geduldig weiter. Mit einem starken Gummizug klemmte sie den Kasten endgültig auf dem Gepäckträger fest und widmete sich den beiden martialischen Schlössern. Dabei war ihr Fahrrad wirklich kein Exemplar, das sich zu stehlen lohnte. Ein altes, schwarzes Damenrad, mit weitgeschwungenem Rahmen, sicher bequem zu handhaben, solange es nicht wesentlich bergauf oder bergab ging und durch keine engen Kurven. Wie geschaffen für gemütliche

Dorfstraßen, weich gepolstert, mit weitgespanntem Lenker, von dem sich eine mächtige Handbremse abspaltete. Der Sattel war tellergroß. Die junge Frau strich sich mit einer hilflosen Geste ein paar Strähnen ihres kurzen, schwarzen Haares aus dem Gesicht. Sie war vollständig durchnässt, daran war nichts mehr zu retten. Trotzdem spannte sie nun den Regenschirm auf, schwang sich aufs Rad und radelte in eleganter, aufrechter Haltung, den Schirm hoch über sich balancierend, davon.

Kriminalhauptkommissarin Marie Maas nahm sich ein Beispiel an der wetterfesten jungen Frau und öffnete endlich den Wagenschlag, hinter dem sie wohlig geborgen den ärgsten Schauer hatte abwarten wollen. Sie hatte einen Parkplatz genau vor dem Haus Clemens-Schultz-Straße 36 gefunden, genau vor dem Stiegenaufgang, wo vor genau vierundzwanzig Stunden eine hochkarätige Fälscherbande hatte ausgehoben werden sollen – und wo man dann nur einen unbescholtenen Drucker, einen gelernten Reprofotografen, einen dubiosen, verarmten Baron und den Chef vom Ganzen, den Druckermeister und »Schweizer Degen« Hansjörg Fuß festnahm. Bis auf den Baron, wie er im Präsidium nun genannt wurde, konnte man niemandem etwas anhängen. Baron von Pfeffern saß hinter Schloß und Riegel und würde da vermutlich für eine Weile bleiben. »Ich kapier's einfach nicht«, hatte Karsten Scholz resümiert, nachdem er – eine Stunde nach Marie Maas' Rückkehr von Föhr – von der stundenlangen Hausdurchsuchung aus der Druckerei ins Präsidium kam.

»Was gibt es da zu kapieren«, sagte Marie Maas »Ich habe noch nie viel auf Informanten vom Kiez gegeben. Sie phantasieren sich das Blaue vom Himmel herunter. Womöglich war das alles ein Ablenkungsmanöver, und der Druck fand tatsächlich in einer ganz anderen Druckerei, irgendwo in Wandsbek oder Halstenbek oder in Lübeck oder weiß der Teufel wo statt.«

»Auf Föhr vielleicht«, meinte Karsten Scholz grinsend.

»Wie war's überhaupt?«

»Was heißt hier ›wie war's‹? Ich war genau vierundzwanzig Stunden auf der Insel, und dann saß ich schon wieder im Zug nach Hamburg. Und morgen früh sitze ich wieder auf der Fähre, wenn mir nicht vorher der Himmel auf den Kopf fällt.«

Karsten Scholz schnaubte sich geräuschvoll die Nase. Eine Grippewelle, die siebte oder achte in diesem Winter, schwappte gerade durchs Präsidium. Bis jetzt waren in ihrer Gruppe noch alle verschont geblieben. Marie Maas achtete darauf, dass Karsten sein Papiertaschentuch ordentlich im Abfalleimer versenkte.

»Immerhin haben wir den Baron erwischt«, schniefte der Kollege. Er hörte sich jetzt erst recht verschnupft an. »Die Leute vom Betrug werden schon dafür sorgen, dass es für eine Anklage reicht. Sie kochen gerade die Drucker weich, und wenn mich nicht alles täuscht, fangen die bald an zu singen. Haben ja alle Familie. Fragt sich nur, was soll das alles ohne die Druckvorlagen?«

Wie durch ein Wunder hörte es auf zu regnen, als

Marie Maas das Auto verließ und auf den Hauseingang zuging. Sie sah einen Augenblick an der Fassade hoch. Ein schlichtes Mietshaus aus der Gründerzeit, nach 1918 gebaut. Die Fassade hatte der Zweite Weltkrieg verschont. Unten befand sich die Druckerei, darüber lagen vier Etagen Wohnungen, ein Tierarzt hatte seine Praxis im zweiten Stock. Als ihre Kollegen hier gestern am frühen Nachmittag eingefallen waren in der Erwartung, heißgelaufene Offsetmaschinen, farbfrische Andrucke und vor allem die Filme und Reprovorlagen für nagelneue, perfekt gefälschte Hundertguldenscheine vorzufinden und dazu eine gewiefte Crew von Druckern und Technikern aus der ersten und zweiten Hierarchiestufe eines Fälscherrings, der seit mehreren Jahren in ganz Europa für spektakuläre Betrügereien verantwortlich war, hatten die Bewohnerinnen und Bewohner des Hauses sicher voll Spannung hinter ihren Haustüren gehockt und gelauscht. Ein Hörfunkprogramm allererster Güte. Aber man war hier im Viertel ja einiges gewohnt. Sicher war keiner freiwillig vor die Tür getreten. Wer weiß, was einem dabei zustoßen konnte. Diskretion ist auf dem Kiez Überlebensgesetz.

Die Kommissarin öffnete die versiegelte Stahltür, die vom Hausflur aus die Druckerei verschloß. Sie gelangte in einen engen Vorraum, in dem es penetrant nach kaltem Schweiß und Kaffee roch, der zu lange auf der Heizplatte einer Kaffeemaschine gestanden hat. Rasch tastete sie nach dem Lichtschalter und ging geradeaus weiter in eine Werkstatthalle, die wesentlich kleiner war, als sie erwartet hatte. Zwei Offsetmaschinen standen nebeneinander in der Mitte des Raumes. An den beiden Längsseiten befanden sich Regale, auf denen sich ein heilloses Chaos ausbreitete. Papierberge, Filme, Reste von Fotomaterialien und stapelweise druckfrische Zeitungen waren über den ganzen Raum verteilt. Es sah sehr nach Vandalismus aus. Aber es war nur das übliche Ergebnis der Durchsuchungsarbeit ihrer Kollegen.

Sie schaltete auch hier die Deckenlichter an, mächtige Leuchtstoffröhren, denn das Licht, das von draußen hereinfiel, war matt und spärlich. Gleich neben der Eingangtür führte eine Tür in die Toilette, eine andere in eine enge Küche. Dahinter ging es weiter in die Dunkelkammer. Auch hier herrschte Chaos, die Kommissarin brauchte gar nicht erst das Licht anzumachen, um das festzustellen. Aus Wut oder Rache hatten die Kollegen so richtig zugelangt. Wie sie wusste, um nichts anderes zu finden als Makulatur. Künstlerpech. In der Küche stand die verklebte Kaffeemaschine, die für die eine Komponente des strengen Geruchs verantwortlich war.

Angeekelt ging die Kommissarin in die Werkstatthalle zurück und öffnete einen Fensterflügel. Das Wetter war mal wieder umgeschlagen. Eine heitere Aprilsonne glänzte an den regennassen Fassaden, blinkte an den verhängten Fenstern des Hauses gegenüber. Fast jedes seiner Fenster war mit schwarzem Tuch verhängt und gab zu allerlei Spekulationen Anlass. Marie Maas nahm noch eine Nase voll frische Luft und wollte gerade den Fensterflügel wieder schließen, als ihr der grüne Mercedes auffiel. Grün wie Moos. Auch die Radkappen moosgrün. Ein Hamburger Kennzeichen. Und genau vor der Druckerei, gegenüber ihres Dienstwagens, auf der anderen Straßenseite geparkt. Das konnte doch kein Zufall sein. Es musste aber ein Zufall sein. Energisch schloß sie das Fenster. Schließlich gab es unzählige moosgrüne Mercedeslimousinen der S-Klasse, für Leute mit einem besonderen Geschmack. Aber Baron Ludwig von Pfeffern hatte einen Mercedes-Autoschlüssel in der Tasche gehabt, sie erinnerte sich genau an die Liste mit seiner Habe. Sie hatte nicht weiter darauf geachtet, aber sie hatte es sich gemerkt. Und was hatte der Baron auf Föhr zu suchen gehabt? Das machte doch keinen Sinn.

Sie würde sich trotzdem den Autoschlüssel besorgen und dem Häftling am Nachmittag einen kleinen Besuch abstatten. Gewiss freute er sich über eine Abwechslung an seinem ersten Hafttag.

10

Es war so still in der Kirche, dass Magnus Pleß laut und scharf seinen eigenen Atem hörte. Dabei hockte er ganz ruhig auf dem Gerüst, die Farbpalette in der linken Hand und mit der rechten sicher und flink den Pinsel führend.

Vor ein paar Tagen hatte er die Farbabstimmung mit den Restauratoren durchgesprochen. Das alte Fresko war vor Jahren von ihm selbst freigelegt worden. Er kannte jeden Strich der Darstellungen. Nach einem langen Instanzenweg war die Restaurierung der St.-Laurentii-Kirche, der ältesten Inselkirche auf Föhr, beschlossen und vor ein paar Monaten begonnen worden. Gerade vor Ostern nun konnten die Verputzer mit dem ersten Deckensegment anfangen, und er hatte geflucht, dass er über die Feiertage auf dem Gerüst hängen musste, um die Farben in dem nassen Verputz aufzubringen. Inzwischen war er froh über die Aufgabe.

Alle halbe Stunde stand er auf und krabbelte von seinem Gerüst. Er war nicht ganz schwindelfrei, und die Gerüstbauer hatten für ihn darum extra ein Geländer angebracht; er bewegte sich trotzdem äußerst vorsichtig und langsam nach unten. Ein paar Schritte auf und ab gehen, ein paar mitgebrachte Brote essen. Wenn zu viele Touristen – auch durch seine Arbeit angelockt – in der Kirche herumstanden, ging er hinaus auf den Friedhof. Ganz hinten neben der kleinen Kapelle gab es ein Bänkchen, dort setzte er sich in die Sonne und streckte die verspannten Glieder.

Vielleicht hätte er der Carmen die Fesseln abnehmen sollen und sie ein bisschen hinauslassen in die Sonne, heute morgen, als er dort war, um ihr das Frühstück zu bringen. Aber das Risiko, dass sie nicht tat, was er wollte, war einfach zu groß. Er traute sich nicht, mit ihr zu sprechen, aus Angst, sie könnte ihn an der Stimme erkennen. Oder ob sie ihn etwa schon erkannt hatte, als er zu ihr und Ludwig ins Auto stieg. Oder später, als sie, mit verbundenen Augen und an das Bett in der Hütte gefesselt gewesen war? Wenn ja, ließ sie es sich nicht anmerken. Heute Morgen allerdings hatte sie noch geschlafen, als er mit dem Essen kam. Das lag an den Schlaftabletten, die er ihr gestern in den Kakao gemischt hatte.

Was für ein jämmerlicher Handel! Wenn Fanny davon wüsste! Wenn sie es jemals erfuhr! Dass er ihre eigene Schwägerin gefangenhielt! Und aus welchem lächerlichen Grund. Warum bloß hatte er nicht sofort nein gesagt? Er war ein Taugenichts, ein labiler Opportunist. Er hatte nicht gewagt, gegen Ludwig aufzubegehren. Er konnte nicht aufhören, sich das Messer wieder und wieder im Leibe herumzudrehen.

Bis zum späten Nachmittag hatte Tomkin über seinen Aufzeichnungen gesessen. Das Knurren seines Magens hatte er durch etliche Tassen Kaffee mit viel Milch und Zucker in Zaum gehalten und außerdem den engen Raum mit unzähligen Zigaretten verpestet. Er rauchte nur, wenn er arbeitete. Aus diesem Grund hatte er immer ein Päckchen Zigaretten und ein Feuerzeug in seiner Schreibmappe. Lange würde der Vorrat nicht mehr reichen. Auch die Schokolade war alle, die er aus dem gleichen Grund dort deponiert hatte. In London hatte er in seiner Vorratskammer ein »Schreibfach«. Das war ein Fach in der alten Kommode, die dort unter einem Regal mit Werkzeug und Krimskrams stand, darin hielt er ständig Notnahrung bereit. Für den Fall nämlich, dass der Genius ihn überfiel und er für Tage das Haus nicht verlassen konnte. Nescafé und ein Paket Teebeutel, Kondensmilch, Zucker, ein Paar Tafeln Schokolade, Reis, Tütensuppen und Obstkonserven. Und natürlich eine Stange Zigaretten. Alkohol hatte er sowieso immer genug im Haus, und da er nicht übermäßig trank und bei der Arbeit sowieso keinen Tropfen zu sich nahm, weil es ihm nicht weiterhalf, fehlte die klassische Flasche Whisky, oder was immer man in einer Schriftstellernotration erwarten mochte. Einmal war es bisher vorgekommen, dass er auf die Vorräte hatte zurückgreifen müssen. Nämlich als er die Fahnen erhielt vom Verlag, den gesetzten Text seines ersten Buches. Vor lauter Angst und Bangen hatte er das Lesen des gesetzten, verfremdeten, ihm nun endgültig enteigneten Textes so lange hinausgeschoben, bis der Verlag ihn dringend anmahnte. Verzweifelt umschlich er den Papierberg noch ein paar Tage lang, um sich dann eines Samstagmorgens daranzusetzen und darüber alle Einkäufe und Besorgungen zu vergessen. Vier Tage und Nächte hockte er über dem schönen, sauberen glatten Papier, las Seite um Seite, korrigierte hin und wieder einen Satzfehler, einen orthographischen Patzer, ein Komma, versank verliebt in die Melodie seiner Sätze, begeistert von seinen Metaphern, dem Reichtum seiner Sprache, ihrer Wortgewalt. Aller Schweiß des Schreibens, alle Mühe der Recherchen, der Suche nach der richtigen Form, dem richtigen Anfang waren verschwunden. Keine Spur mehr von Streichungen und Umstellungen. Was da stand, war fertig. Ganz einfach, weil es gesetzt war.

Dieses narzisstische Glück dauerte an bis zum Erscheinen des Buches. Dann währte es noch einmal ein paar Stunden, sogar Tage, und nun, wo die Reaktion ausblieb, wo niemand vor seiner Haustür Schlange stand, um ihm für dieses Wunderwerk von einem Buch zu gratulieren, ihm zu danken, ihn zu bewundern, da kam Tomkin so langsam wieder zu Bewusstsein, wie unwesentlich es eigentlich war, ein kleines Büchlein in die Welt gesetzt zu haben. Eine Welt übrigens, in der es schon Milliarden von Büchern gab; und täglich wurden es mehr. Jeder Hans und Franz schrieb heute Bücher, es war wirklich überhaupt nichts Besonderes.

Überdrüssig warf Tomkin seine Schreibunterlage, einen dünnen großformatigen Bildband über Kunstfälschungen des Jahrhunderts, auf das leere Bett neben sich, das noch nicht gemacht worden war, seitdem Marie daraus verschwunden war. Offenbar gehörte die Zimmerreinigung nicht zu Frau Hansens Aufgaben. Ihm sollte es recht sein, so fummelte hier wenigstens kein Störenfried im Zimmer herum. Nun war er also wieder ganz am Anfang der Schufterei. Zwölf Seiten hatte er geschrieben. In einem höllischen Tempo, per Hand, wie in einem Rausch. Hoffentlich hatte er nicht nur Schaum geschlagen, war nicht dem Glanz der Worte erlegen. »Sachlichkeit und nochmals Sachlichkeit«, forderte Ezra Pound. »Jedes Wort vertut ein Stück von der Geduld des Lesers, ein Stück von seinem Glauben an deine Ehrlichkeit.« Eine harte, ernsthafte Aufgabe, kein Spaß. Arbeit eben.

Entschlossen warf Tomkin die zerknautschten Decken auf seinem Bett auf, reckte sich, riss die Fenster auf, hinter denen schon der Abend dämmerte, und genoß einen Augenblick lang die fremde, würzige Seeluft, die ins Zimmer strömte. Wunderbar. Er ging über den Flur ins Bad und duschte so lange, bis auch der letzte Rest Kopfschmerzen und Kater getilgt waren. Sofort stellte sich bohrender Hunger ein. Tatendrang. Sehnsucht nach Marie. Nun waren es nur noch rund vierundzwanzig Stunden, bis sie zurückkam, falls alles so lief, wie sie geplant hatte. Er stellte einen Plan auf, wie er es gelernt hatte, seitdem er freiberuflich arbeitete: 1. etwas zu essen besorgen. 2. Marie anrufen – Telefonzelle finden. 3. Insel erforschen. Nach kurzer Überlegung stellte er die Reihenfolge um: Wenn er mit der Erforschung der Insel anfing, würde ihm der Rest schon über den Weg laufen.

Die St.-Laurentii-Kirche in Süderende war also die erste Etappe.

Erst nachdem Tomkin den Altar aus dem 16. Jahrhundert und die alten Grabstelen, die im Chor aufgebaut waren, bewundert hatte, richtete sich sein Blick an die Decke der kleinen Inselkirche. Sie bestand aus drei Sterngewölben. Er betrachtete entzückt die blassen Fresken, die, von Wasserschäden und alten

Übermalungen betroffen, fast gänzlich verschwunden waren, aber offenbar gerade restauriert wurden. Ein Teilgerüst war neben der Orgelempore unterhalb der ersten Halbkuppel aufgebaut, und Tomkin brauchte noch mal eine Weile, bis er seinen Maler darauf entdeckte.

»Ach, hier arbeiten Sie? Das ist ja ein Zufall.«

»Zufall?« rief Magnus Pleß. »Ich kann mir meinen Arbeitsplatz nicht aussuchen wie Sie. Und die Arbeitszeit auch nicht. Ich muss ran, wenn die Arbeit es verlangt. Solange der Verputz noch nass ist.«

»Harter Job, was? Nach dem Gelage gestern Abend.« Tomkin hatte die Stimme etwas gesenkt, immerhin befand man sich in einer Kirche. Publikum war jedoch keines mehr da. Es war auch eigentlich schon zu dunkel, um die Räumlichkeiten richtig zu würdigen.

Magnus Pleß steckte die beiden Pinsel, mit denen er gearbeitet hatte, in ein Wasserglas und rieb sich die Hände an einem Putzlappen ab. Er sah recht imposant aus, wie er da hoch unter der Decke auf seinem Gerüst stand, den kräftigen Bauch vorgereckt, die langen Haare und Barthaare bis auf Schultern und Brust herabwuchernd, grau, ein bisschen finster, sehr künstlerisch jedenfalls. Er schaltete seinen Scheinwerfer aus und machte sich langsam und bedächtig an den Abstieg vom Gerüst.

»Na, und Sie sind schon wieder ganz beieinander, junger Mann? Viel scheinen Sie ja nicht zu vertragen.« Er klopfte Tomkin auf die Schultern und ließ ein glucksendes Lachen hören. Er schien Tomkin ein richtiges Inseloriginal zu sein. Glücklich und zufrieden mit seinem Werkzeug, seinem Auskommen als Maler, ohne großstädtische Sorgen und Hetze, ein geduldeter, von seiner Gemeinde und der Gesellschaft getragener Künstler wie in alten Zeiten. Aus dieser Atmosphäre wob sich eine Idee. Wenn er Glück hatte, würde sie tragen und immer tragfähiger werden. Vielleicht sogar hinreichen für einen ganzen Roman.

»Wie gut, dass ich Sie hier kennenlerne«, meinte Tomkin schmunzelnd. »Ich lese gerade in einem Band Kunstgeschichte. Spannend wie ein guter Krimi. Es geht um Fälschungen. Kennen Sie den Fall Malskat? 1951 hat ein Gauner in der Marienkirche in Lübeck angeblich ein altes Fresko entdeckt und damit die Honoratioren der Stadt gefoppt!

Magnus Pleß fing an zu lachen. Er stand breitbeinig auf der untersten Etage des Gerüsts und legte den Kopf ins Genick. Sein mächtiger Bauch wackelte bei jedem Zwerchfellhopser.

»Sie meinen den Fall Fey-Malskat – natürlich kenne ich den. Habe ich selbst vor Ort verfolgt. Ich war damals ein junger Kunststudent, und das war natürlich ein Riesenspaß für uns. Der Malskat, ja, ja. Aber ins Gefängnis musste er dann doch. Und hat nicht aufgehört, zu malen. Ein hartes Los, das Fälscherdasein, das können Sie mir glauben.«

Er grinste Tomkin an, und der freute sich, dem Mann so einen Spaß verschafft zu haben. Das ließ sich gut an. Die Insel begann ihm so richtig zu gefallen.

»Aber die hier sind echt, hoffe ich doch?« feixte er und zeigte auf die Arbeit des Meisters.

»Die sind echt, so wahr ich Magnus Pleß bin! Da

können Sie Gift drauf nehmen, junger Mann. Wie heißen Sie eigentlich noch mal? Sie kommen doch aus dem Vereinigten Königreich, nicht wahr? Hab' ich's doch richtig behalten.«

»Tomkin. Tomkin Quest. Wenn ich gewusst hätte, dass ich Sie hier vorfinde, hätte ich Ihnen auch gleich ein Buch von mir mitgebracht. Versprochen ist versprochen, Herr Pleß.«

»Komm, Junge, sag Magnus und du. Wir Künstler müssen zusammenhalten. Wer weiß, wie schlecht die Zeiten noch werden.«

Tomkin fühlte sich einfach großartig. Er hatte auch in England ein paar Freunde, die sich mit Malerei beschäftigten. Aber so ein richtiger Kunstmaler, der sogar Freskomalerei beherrschte und Kirchen restaurierte, den hatte er noch nie kennengelernt. Das musste ja ein wirklich berühmter Mann sein, wenn man ihn hier ranließ. Einer, der was konnte und sein Geschäft verstand. Ein Profi eben. Wie er selbst nun auch einer war. Herausgetreten aus der Reihe der Hobbyschreiber. Das war das einzige, was für ihn nun noch zählte. Schluss mit der Stümperei. Endlich dazugehören.

»Darauf müssen wir einen trinken gehen«, sagte Pleß. Er verschwand hinter der letzten Bankreihe und zog seine Malersachen aus. Sorgfältig verstaute er alles auf der ersten Etage des Gerüstes und schloß die Leiter in einer Kammer unter der Orgelempore weg.

»Die Leute klauen alles, was sie kriegen können«, meinte er augenzwinkernd. »Und den Rest machen ihre Gören kaputt. So, Feierabend für heute.«

Er schob Tomkin aus der Kirche, löschte die Lichter und verschloß das Gotteshaus mit einem krachenden Schlüssel. Der Friedhof lag schon stockdunkel da. Es musste kurz nach sechs Uhr sein.

»Ich müsste mal dringend telefonieren, bevor ...«

»... bevor du wieder die Beherrschung verlierst, was?« Magnus lachte und schob Tomkin schulterklopfend weiter zu seinem Auto, einem baufälligen Transporter mit ziemlich viel Gerümpel auf der Ladefläche.

»Fahren wir zu mir. Ich muss mich erst mal waschen, bevor ich unter die Leute gehe«, sagte er.

Tomkin kletterte auf den Fahrersitz. Wenn er morgen weiterschreiben wollte, wäre es besser gewesen, den Abend allein zu verbringen, auf einem langen Spaziergang das Geschriebene zu verdauen, zu fermentieren, einen Boden anzusetzen für das, was nun kommen sollte. Aber wer weiß. Wenn er beim Thema bliebe, wären all dies hier Studien, Recherchen allerkostbarster Art. Also kein Zaudern. Rein in den Wagen und ab in die Villa Kunterbunt. Ein richtiges Maleratelier kennenlernen. Dafür sollte ein Schriftsteller schon einmal einen Abend opfern.

11

Eine junge, schlanke Beamtin in blauer Uniform aus Rock und Jackett schloß die Vernehmungszelle auf und ließ die Tür hinter Marie Maas und ihrem Kollegen Yalcin Özökül weit offenstehen.

»Es kann einen Augenblick dauern. Wir geben gerade das Abendessen aus. Ich muss erst einen Stationsbeamten finden, der ihn runterbringt.«

»Kein Problem, Frau ...«

Die Beamtin, oder wahrscheinlich war sie noch in der Ausbildung und Beamtenanwärterin oder Angestellte, verschwand, ohne weiter zuzuhören.

»Werden jetzt auch Frauen im Männerstrafvollzug eingesetzt?« fragte Yalcin.

»Schon lange«, knurrte Marie Maas. »Mit zweifelhaftem Erfolg.«

Yalcin verkniff sich weitere Fragen und starrte vor sich hin. Die Zellen im Keller der Untersuchungshaftanstalt waren das Schlimmste, was der Hamburger Strafvollzug zu bieten hatte. Auch wenn die Bunkerzellen in den verschiedenen Strafanstalten oder die Zellen des Hochsicherheitstraktes von Anstalt eins in Fuhlsbüttel oder die Sammelzelle unten im »Strohhaus« durchaus keine angenehmen Aufenthaltsorte waren. Wenn man diese Örtlichkeiten zum ersten Mal betrat, konnte man sich kaum vorstellen, wie man hier Monate, Jahre, ja ein halbes Leben oder den Rest eines solchen durchstehen konnte. Darum zog Marie Maas es vor, die Verhafteten im Präsidium zu vernehmen, sie notfalls lieber unter Bewachung kommen zu lassen, statt sich hierher zu begeben. Aber manchmal war es eben nicht zu vermeiden. An einem Ostersonntag zum Beispiel. Sie konnte froh sein, dass Yalcin mitgekommen war und sie nicht allein hier war.

Nach einer Ewigkeit wurde die Zellentür aufgerissen und ein Mensch mit einem kleinen Schubs in die Zelle gestoßen. Dann wurde die Tür mit einem Rums zugeworfen. Der Schlüssel krachte im Schloß, sie wurden mit ihrem Häftling eingesperrt. Links neben der Tür befand sich eine Klingel, mit der sie die Vollzugsbeamten rufen konnten, um sich wieder aufschließen zu lassen.

Ludwig Baron von Pfeffern, der in vierundzwanzig Stunden Untersuchungshaft bereits sämtliche Fassung eingebüßt hatte, blieb unschlüssig neben der Tür stehen. Seine Haare, die ganz nach der Mode im Haupthaar relativ lang gelassen und im Nacken rasiermesserkurz angeschnitten waren, hingen ihm in fettigen Strähnen ins Gesicht. Er ließ die Schultern hängen, sein Jackett hing ebenfalls zerknittert und formlos über dem mageren Oberkörper. Das Oberhemd war fleckig und bis zur Brust aufgeknöpft. Er sah die Kripobeamten mit einer solchen Verzweiflung an, dass die Kommissarin sich erst einmal zusammennehmen musste, um wieder auf Distanz zu gehen.

Es gibt Menschen, die ertragen die Haft nicht. Das war ihr durchaus nicht neu.

»Setzen Sie sich bitte«, sagte sie und wies auf den dritten freien Stuhl an dem Holztisch. Yalcin rückte sofort ein wenig zur Seite, und Marie Maas stand auf.

Von Pfeffern ließ sich matt auf einen Stuhl sinken. Er sah aus wie eine Marionette, deren Fäden zerschnitten worden waren.

»Es tut uns leid, wenn wir Sie bei Ihrem Abendessen gestört haben, aber wir wussten nicht, dass hier die Essensausgabe schon so früh vonstatten geht. Hoffentlich wird nichts kalt.«

Der Baron sah die Kommissarin an wie ein wundes Tier. Offenbar glaubte er, sie mache sich über ihn und seine Situation lustig. Plötzlich glomm ein Funke Leben in seinen Augen auf.

Mit krächzender Stimme sagte er: »Sowie ich wieder an mein Geld kann, werde ich mir Verpflegung von draußen bringen lassen, da können Sie sicher sein. Diesen ... Fraß hier rühre ich nicht an. Das ist doch eine Zumutung.«

»Oh, wir wollten Ihnen nicht zu nahe treten, Baron. Natürlich steht es Ihnen frei, Ihre Untersuchungshaft so zu gestalten, wie Sie wünschen. Immerhin hatten Sie ja einen erheblichen Betrag bei sich, als Sie verhaftet wurden.«

»Nur dass die Kasse hier nicht geöffnet ist«, piepste der Gefangene mit sich überschlagender Stimme.

Er war bestimmt kein einfacher Häftling. Marie Maas taten die Beamten herzlich leid, die ihn zu verwalten hatten. Obwohl sie sonst wenig Mitleid mit Strafvollzugsbeamten hatte. Meist waren sie aus dem gleichen Holz geschnitzt wie ihre Zöglinge. Ziemlich schlicht und nur auf ihren Vorteil bedacht.

»Herr Baron, wir haben bei Ihren Sachen einen Autoschlüssel gefunden. Können Sie uns sagen, wo Ihr

Wagen abgeblieben ist? Ich nehme an, er steht in der Clemens-Schultz-Straße vor der Druckerei.«

Baron von Pfeffern verzog keine Miene. Er suchte nur unruhig mit den Augen die Tischplatte ab.

»Sie wollen nicht mit uns reden? Wir nehmen aber trotzdem ein Protokoll auf, einverstanden? Yalcin, würdest du bitte …«

Yalcin zog einen vorgedruckten Papierbogen aus seiner Aktenmappe. Im Präsidium hatte er schon die Personalien eingetragen, Ort und Zeit des Verhörs und so weiter. In der Mitte des Vernehmungsbogens war Platz für die Aussagen des Beschuldigten.

»Mir ist jedenfalls ein grüner Mercedes aufgefallen, der direkt vor der Druckerei parkt. Und Ihr Autoschlüssel ist ein Mercedesschlüssel.«

Der Baron verzog wieder keine Miene. Oder täuschte sie sich? Die Kommissarin ließ einen Augenblick verstreichen.

»Yalcin? Hast du dein Telefon dabei?«

»Klar.«

»Fährst du bitte rasch rüber in die Clemens-Schultz-Straße und probierst diesen Schlüssel hier an dem grünen Mercedes aus, der vor dem Haus der Druckerei genau gegenüber geparkt ist.«

»Nein! Ich …« Der Baron hatte sich aufgerichtet. Er war aufgeregt.

»Ist das Ihr Wagen, Herr von Pfeffern?«

»Ich …«

»Was ist nun?« fragte Yalcin.

»Warte.«

»Ich verbiete Ihnen das! Ich will erst mit meinem

Anwalt sprechen.«

»Tut mir leid, Herr von Pfeffern. Sie sind dringend tatverdächtig, verschiedene Betrugsdelikte begangen zu haben. Es gibt Zeugenaussagen gegen Sie, und es gibt die Aussage der Drucker, die man Ihnen morgen vorlegen wird. Sie sollen die armen Männer genötigt haben, für Sie Scheckformulare und andere Dokumente zu drucken. Zum Glück waren sie nicht bestechlich und konnten sich Ihnen widersetzen. Andere waren nicht so standhaft und nahmen sogar Falschgeld von Ihnen entgegen, um es im Ausland einzuwechseln. Auch hierfür gibt es Zeugen. Das Netz ist dicht, Herr Baron. Diesmal entkommen Sie uns nicht. Sie brauchen gar nicht erst zu zappeln. Ein paar Jahre lang mag man ja die Polizei foppen können mit geschickten Betrugsmanövern, aber im Gegensatz zu Ihnen haben wir Zeit. Und irgendwann kriegen wir euch. Immer. Und dann wird abgerechnet.«

»Soll ich nun fahren?« fragte Yalcin zaghaft.

»Ja, fahr nur. Mal sehen, was wir da finden.«

Die Kommissarin beobachtete den Gefangenen. Seine Augenwinkel zuckten, er schien fieberhaft nachzudenken. Man sah, wie sein Gehirn auf Hochtouren lief. Offenbar war mit dem Mercedes irgendetwas nicht in Ordnung. Vielleicht befand sich Beweismaterial darin? Das wäre ein Fang! Ein richtiges Osterei. Aussagen konnten zurückgezogen werden. Indizienketten brachen vor Gericht zusammen. Was man brauchte, war gutes, unwiderlegbares Beweismaterial.

Aus purem Übermut fragte sie: »Kennen Sie die Insel Föhr, Baron? Schon mal dagewesen?«

Der Mann wurde ganz grau im Gesicht. Aber vielleicht schien es ihr auch nur so. Die Kommissarin stand auf, als Yalcln endlich aus der Zelle gelassen wurde, und rief die Beamtin kurz herein.

»Bringen Sie doch bitte ein Glas Wasser. Ist das wohl möglich?«

»Wenn ich Zeit habe«, antwortete die Beamtin kurz und verschwand wieder. Marie Maas stellte sich in die offene Tür. Mit dem Gefangenen allein wollte sie nicht eingeschlossen werden. Das Wasser ließ auf sich warten.

»Ihr Auto fiel mir nämlich auf, weil ich genau so einen gestern Morgen in Wyk auf Föhr auf der Fähre gesehen habe. Er wurde abgeschleppt. Vielleicht war er kaputt. Reiner Zufall wahrscheinlich.«

Baron von Pfeffern hatte sich darauf verlegt, zu schweigen. Er sah glasig und abwesend vor sich hin. Die Kommissarin nahm sich das Verhörprotokoll vor und trug ein paar Sätze ein.

»Unterschreiben Sie?«

Baron von Pfeffern schüttelte den Kopf.

»Nun kommen Sie schon. Sie sind ja fast so stur wie unsere politischen Überzeugungstäter. Das macht später keinen guten Eindruck vor Gericht. Na, Ihr Anwalt wird Ihnen das schon austreiben. Wen haben Sie übrigens genommen?«

Keine Antwort.

Marie Maas starrte eine Weile an die Wand hinter dem Gefangenen. Grüne Ölfarbe bis in Schulterhöhe. Darüber gelbe Ölfarbe. Schmutzig. Teilweise bekritzelt. Das Fenster vergittert, in einem eisernen Gestell ruhend, wie es ihr mal ein anderer Gefangener beschrieben und aufgezeichnet hatte. Ein Designer. Er hatte nicht auf ihre Rechnung hier sitzen müssen. Das hatte Johnson verbockt. Er war unschuldig gewesen. Dieser hier war es nicht. Wenn auch nicht aus ihrem Ressort, dem Morddezernat. »Nur« Betrug, Fälschung und wer weiß was noch. Er würde einen talentierten Heiratsschwindler abgeben. Konnte bestimmt sehr charmant und geistreich sein, wenn er in der richtigen Umgebung war. Solche Männer brachen im Knast zusammen, sie waren zu weich. Die Kommissarin wusste, warum sie nicht beim Betrugsdezernat arbeitete. Eine Sonderkommission alle paar Jahre genügte ihr. Auch ein Kriminalbeamter war nicht universell einsetzbar. Jeder hatte seine Vorlieben und Stärken. Der eine wurde am besten mit Einbrechern fertig, der andere ging nur bei Sexualdelikten motiviert an die Sache ran. Manche Leute waren überhaupt nur bei der Steuerfahndung brauchbar oder wären besser zum Zoll gegangen. Sie grämten sich ihr Leben lang auf dem Kiez und holten sich Magengeschwüre und Angstneurosen. Ganz blödsinnig. Kein Ganove würde sich dem falschen Metier zuordnen. So etwas passierte nur Beamten.

Als ihr Telefon klingelte, stand sie rasch auf und ging mit dem Handy zwei Schritte bis ans Fenster.

»Ja?«

»Kriminalwachtmeister Ozökül. Chefin?«

»Ja? Ich höre.«

»Der Schlüssel passt.«

»Und?«

»Volltreffer!«

Yalcin hatte so laut ins Telefon gebrüllt, dass der Baron die Nachricht ebenfalls verstanden haben musste. An seiner Haltung änderte sich nichts. Er schien wie versteinert auf seinem Stuhl zu hocken.

»Was hast du gefunden?«

»Die Druckvorlagen!«

Die ganze Sonderkornmission war zusammengetreten. Zwölf Männer und außer Marie Maas noch eine Oberkommissarin aus dem Betrugsdezernat. Sie hatte etwas Nuttenhaftes, wie Marie Maas insgeheim dachte, eine Dame in senfgelber Bluse mit Schalkragen und engem grauen Lederrock, die es genoß, im Kreise ihrer lieben Kollegen abwechselnd zu flirten und die Betriebsnudel zu spielen. Marie Maas gegenüber nutzte sie jede Gelegenheit, um eine Art Frauensolidarität herauszukehren, die durch nichts anderes als die biologische Übereinstimmung begründet war. Leider verband sie sonst nichts miteinander, außer vielleicht einer schneidenden Konkurrenz, die nicht ausgetragen wurde. Typisch Polizeihochhaus.

»Das war echt ein Fischzug ...«

»... sehen aus wie von der Staatsdruckerei ...«

»... würde nicht mal der Finanzminister auseinanderhalten können!«

»Nicht mal die Königin!«

»Nur der Name steht nicht dran.«

»Den kriegen wir auch noch.«

»Wenn der Baron erst mal auspackt ...«

»Also, ich habe jedenfalls meine letzte Statistik

damit ausgebügelt.«

Gelächter, Zigarettenqualm, ein paar Flaschen machten die Runde. Eine Stimmung wie auf der Osterwiese. Nur Marie Maas hockte gelangweilt und übellaunig dazwischen. Sie hatte sich die Leinwandrolle geholt, die auch aus dem Mercedes stammte. Ein paar hübsche Ölgemälde, Expressionismus oder so etwas. Schrille Farben und maskenhafte Gesichter, Figuren. Ein biblisches Motiv war dabei, eine Christusfigur mit den Kreuzeswunden, umgeben von seinen Jüngern.

»›Der ungläubige Thomas‹, nicht wahr?« Kriminalrat Johnson setzte sich neben Marie Maas und beugte sich über die Leinwand. »Nolde. Keine schlechte Fälschung.« Die Kommissarin sah ihren Chef erstaunt an.

»Na, der echte wird es nicht sein, der hängt doch im Museum in Seebüll. Hoffe ich jedenfalls!« Johnson lachte gelöst. Er war allerbester Stimmung.

»Hat der Baron auch Bilder gefälscht?«

»Meine liebe Frau Maas, das werden wir alles im Laufe der nächsten Wochen herausfinden. Erst mal haben wir ihn auf Nummer Sicher, dank unserer perfekten Zusammenarbeit. Nun lassen Sie uns doch mal anstoßen. Was trinken Sie?«

»Sekt, wenn Sie haben«, sagte Marie Maas mürrisch.

Johnson sprang auf und organisierte ein Glas Sekt für sie, lauwarm, aber trocken. Er selbst hatte ein Whiskyglas in der Hand.

»Auf weiterhin gute Zusammenarbeit, Kollegin. Auf meine Entschlossenheit und Ihren Spürsinn, okay?«

Die Kommissarin fand den Spruch mittelmäßig. Es gelang ihr, ein Lächeln auf die Lippen zu zaubern, zumindest einen kurzen Augenblick lang, und sich eine überflüssige ironische Bemerkung zu verkneifen.

»Und jetzt«, Johnson machte eine kunstvolle Pause, »jetzt wünsche ich Ihnen einen richtig schönen Urlaub, Kollegin. Wohin geht's denn? Auf die Kanaren?«

»Nach Föhr«, sagte Marie Maas. Sie hatte ihren Sekt blitzschnell ausgetrunken, und das Grinsen fiel ihr nun schon viel leichter. Die Senfgelbe ging herum und füllte strahlend die Gläser nach. Marie schenkte sie mit besonders honigsüßem Lächeln nach.

»Nach Föhr! An die deutsche Nordseeküste. Na, denn man guten Wind, Frau Maas. Und lassen Sie sich die Matjes gut schmecken, und vor allem, erholen Sie sich. Nächste Woche gibt es dann wieder genug zu tun.«

Marie Maas trank das zweite Glas in einem Zug aus und stellte es auf einem Schreibtisch ab. Sie winkte Karsten Scholz und Yalcin, ihren beiden engsten Mitarbeitern zu, die in Fachgespräche vertieft vor den Druckplatten für die gefälschten Guldenscheine standen, und schlich sich in ihr Büro, zwei Etagen höher. Dort stand ihre Reisetasche bereit. Der letzte Zug nach Dagebüll fuhr in zwanzig Minuten vom Bahnhof Altona ab. Mit einem Taxi konnte sie es gerade noch schaffen.

12

Fanny riss die Fensterriegel auf und gab den Fensterläden einen Stoß, damit sie aufflogen. Das helle Tageslicht strömte in die Stube und ließ sie die Unordnung erst richtig erkennen. Sönke hockte mit einem Dreitagebart und einer enormen Schnapsfahne in der Sofaecke. Er hatte seine schwieligen Hände wie zum Gebet im Schoß zusammengelegt und schnarchte mit offenem Mund. Angeekelt zerrte Fanny ihren Bruder hoch und gab ihm einen Schubs in Richtung Tür. Sönke Ley erwachte, gab ein paar unverständliche, lallende Laute von sich und hielt sich am Türstock fest.

»Fass mich bloß nicht an, du. Du bist auch so eine Schlampe, du«, murrte er und versuchte, eine bedrohliche Haltung einzunehmen.

»Du nennst deine eigene Schwester eine Schlampe?« rief Fanny und gab ihm wieder einen Stoß in Richtung Schlafzimmer. Wie ein Bündel Lumpen ließ der Mann sich weitertreiben, hielt sich unterwegs immer wieder an den Ecken fest und murrte.

»Du bist auch so eine. Ihr seid alle Schlampen. Carmen auch! Die erst recht!«

Bei Carmens Namen hatte er die Lautstärke gesteigert. Gleichzeitig fing er an zu heulen.

»Auch das noch.« Fanny fluchte und stieß ihren Bruder auf sein Bett. »Jetzt kotz nicht auch noch die Bude voll, sonst kannst du deinen Dreck alleine wegmachen. Was sollen bloß deine Kinder von dir denken? Schämst du dich denn gar nicht?«

Sönke hatte sich jetzt aufs Greinen verlegt. Wie ein

Kleinkind versuchte er, sich Fannys ordnenden Bewegungen anzuschmiegen. Er griff nach ihrem Arm.

»Meine Carmen ist weg, Schwester. Sag mir doch, wo sie ist. Sag's mir. Ich will sie auch nie wieder prügeln.« Dann brach er unter Schluchzen zusammen.

Wütend warf Fanny die Schlafzimmertür hinter sich ins Schloß. Sie hätte schon viel früher eingreifen müssen. Nun hatte Carmen allein die Konsequenzen gezogen. Vielleicht keine gute Lösung, einfach so zu verschwinden, vor allem für die Kinder. Dabei liebte Carmen ihre Kinder und hatte immer gut für sie gesorgt. Sie musste wirklich völlig verzweifelt gewesen sein. Vielleicht war sie auch einfach nur ein paar Tage abgehauen, um einen klaren Kopf zu bekommen, und würde sich bald bei ihr melden und sagen, wo sie war. Und die Kinder nachkommen lassen. Das wäre keine schlechte Lösung. Nach diesen zwei bangen Ostertagen, seitdem ihre Schwägerin verschwunden war, hatte Fanny viel nachgedacht. Sie hatte doch mit angesehen, wie Sönke sich veränderte. Wie er ständig nur noch im Wirtshaus hockte, die Familie vernachlässigte und das Geld vertrank. Und zweimal hatte Carmen ihr erzählt, dass er sie geschlagen hatte. Nicht schlimm, aber es war die Demütigung, die schmerzte. Und wer einmal schlägt, der tut es wieder. Und beim nächsten Mal schlägt er vielleicht stärker zu.

Inzwischen war Fanny nicht mehr verzweifelt, sondern nur noch wütend. Auf sich selbst. Sie riss den Staubsauger hinter der Kellertür hervor und saugte die ganze Wohnung durch. Carmen und Sönke Ley wohnten genau hinter Fanny und ihrer Tochter im rückwärtigen Teil desselben Hauses. Die alten Dorfhäuser in Oldsum waren alle mehr oder weniger zusammengewachsen. Man hatte früher so dicht gebaut, um sich vor Wind und Sturmfluten gegenseitig zu schützen und möglichst wenig Angriffsfläche zu bieten. So waren Innenhöfe entstanden und enge Gassen. Nur zu einer Seite grenzten die Häuser an die Hauptstraße. An jedem freien Flecken rund um das Haus hatte Carmen Rosen gepflanzt. Überall wuchsen die jungen Triebe zum Fenster herein. Im Sommer, wenn die ganze Pracht blühte, blieben die Touristen mit Ohs und Ahs vor ihrem Haus stehen und bewunderten die Farben. Carmen hatte eine gute Hand für Blumen.

Nachdem Fanny die Teppiche einigermaßen sauber bekommen hatte, die ausgekippten Aschenbecher und umgefallenen Bierflaschen eingesammelt und Polster und Sessel ausgeklopft hatte, machte sie in der Küche klar Schiff. Die Kinder aßen seit Tagen bei ihr, aber die beiden großen machten sich doch zwischendurch zu Hause eine Stulle, und Sönke hatte offenbar versucht, sich eine Dose Ravioli warm zu machen. Die Reste waren überall auf dem Herd verteilt. Es fing schon an zu gammeln.

Kurz nach zehn Uhr hatte Fanny die Wohnung ihrer Schwägerin so weit in Ordnung, dass man sich hier wieder wohl fühlen konnte. Und sie selbst fühlte sich auch erheblich besser; man konnte nicht immerfort nur am Telefon hocken und sich Sorgen machen, wo Carmen wohl stecken mochte. Fest stand nämlich, dass sie nicht aufs Festland gefahren war.

Fanny hatte alle Fährbesatzungen ausgefragt. Alle kannten Carmen. Es war für einen Insulaner unmöglich, unbemerkt aufs Schiff zu kommen. Spätestens bei der Fahrkartenkontrolle musste man auffallen. Es sei denn, Carmen hätte sich verkleidet. Aber warum sollte sie?

Fanny kochte eine Kanne Kaffee und stellte einen Topf für die Milch auf den Herd. Dann klopfte sie leise bei den beiden Großen an und weckte sie. Die kleine Gerdine schlief drüben bei ihrer Sina mit im Zimmer. Maike und Klaus-Erland erschienen verschlafen in der Küche.

»Geht euch waschen. Ich hole schnell ein paar Brötchen, und dann frühstücken wir zusammen. Aber um elf Uhr muss ich zu Magnus. Also beeilt euch und geht nicht wieder ins Bett.«

Sie hatte fest vor, Magnus' ganzes Haus auf den Kopf zu stellen, aber davon erzählte sie den Kindern natürlich nichts. Irgendwo musste sie ja anfangen, ihre Schwägerin zu suchen.

Obwohl Ostermontag war, hatte Brodersen am Vormittag für ein paar Stunden den Laden aufgemacht. Meta kam ein bisschen früher als sonst, weil sie allein am Fleischerstand bedienen musste. Ihre Kollegin wohnte in Midlum und wollte nicht extra für die drei Stunden rüberkommen. Auch Edith vom Gemüsestand brauchte nicht zu kommen. Lorenz und Onno Brodersen, der Sohn des Hauses, schafften das auch allein. Es war allerdings brechend voll.

Tomkin stand unschlüssig vor dem Frischeregal mit

den Joghurtbechern. Nach den vergangenen Hungertagen wollte er sich heute endlich einmal wieder satt essen. Gleich nach dem Frühstück war er losgelaufen über das Feld bis zur Oldsumer Mühle und dann quer durch das alte Dorf zum Supermarkt. Auf seinem Abendspaziergang hatte er gestern nach dem Besuch bei Magnus Pleß gesehen, dass der Laden heute Morgen für ein paar Stunden geöffnet war.

Blaubeer gab es noch und Kirsch. Viel zu teuer, der Kirschjoghurt im Glas. Wie dumm, dass er sich keinen Löffel mitgenommen hatte beim Frühstück. Ein Taschenmesser hatte er zum Glück dabei. Er stellte zwei Blaubeerjoghurt in seinen Wagen und packte zwei Tüten Nesquick mit Erdbeer-Schoko-Geschmack dazu. Das Zeug machte jedenfalls satt.

Der Camembert war ausverkauft. Nur noch Rotkäppchen gab es, den mochte er nicht. Er griff zum Frischkäse und nahm sich vor, Kräutersalz zu kaufen.

Gleich hinter der Kühltruhe begann schon die Schlange am Brotstand. Mindestens zehn Kunden waren vor ihm dran. Aber es hatte ja keinen Zweck, ungeduldig zu sein. Er brauchte Brot. Heute Mittag würde er wieder Bärenhunger haben.

Alice Brodersen ließ sich nicht aus der Ruhe bringen. Sie schnitt Käse auf, sortierte Roggenbrötchen, Runde oder Normale, Weltmeister und Schrot, Baguette und Mohn zu fünft, zu acht, zu zwölft in die Tüten, begrüßte alte Gäste und erkundigte sich nach ihrem Befinden, schnackte Friesisch mit den Einheimischen, Platt mit Zugewanderten und Hochdeutsch mit den Gästen und gab immer wieder aufs neue Auskunft über Carmen. Der Name ging wie ein Wispern durch den ganzen Laden. Schon beim Frühstück hatte Frau Hansen ihn informiert.

»Die Kellnerin vom ›Pferdestall‹, Sie wissen schon, die Carmen, die ist ja immer noch nicht wieder aufgetaucht. Eine Schande, was? Drei Kinder allein zu Haus.«

Tomkin hatte nur genickt und weitergegessen.

Am Obststand, gleich hinter dem Eingang des Supermarktes, war er über zwei Hausfrauen gestolpert, die sich auf Friesisch unterhielten. Tomkin verstand kein Wort. Es erinnerte ihn nicht einmal an die indogermanischen Sprachen, die ihm bekannt waren. Vielleicht war es den finnougrischen Sprachen verwandt? Wie dem auch sei, er hörte nur den Namen Carmen heraus, während er seine Bananen abwog und ein paar heile Äpfel aus dem Korb suchte. »Carmen«, und dann wurde getuschelt. Weitere Frauen kamen dazu und beteiligten sich sofort am Gespräch. Carmen, Carmen, Carmen.

»Moin, Fanny«, tönte Alice Brodersen nun mit mitleidiger Stimme. »Was musst du haben?« Dann wechselte sie ins Friesische, und Tomkin verstand wieder einmal nur die Namen. Fanny? War das nicht Magnus' Zugehfrau? Hatte er sie nicht gestern erwähnt, als er Tomkin sein Haus zeigte? Die Frau vor ihm, die Fanny genannt wurde und nun schon wieder von Carmen sprach, nahm schließlich zwölf normale Brötchen und hatte Mühe, an der Schlange vor dem Fleischtresen vorbeizukommen. Überall wurde sie festgehalten, ausgefragt, es wurde ihr Hilfe angeboten.

»Ruf einfach an, wenn du was brauchst!« rief Meta hinter ihrem Fleischertresen und hielt einen Holzlöffel mit frischem Hackfleisch, das sie gerade auswog, hoch in die Luft. »Ich bring's dir heute Mittag vorbei. Und grüß Sinchen. Darf s etwas mehr sein?« Sie wandte sich wieder ihrer Kundin zu und sah Fanny mit einem Kopfschütteln nach. »Ihre Schwägerin ist nämlich verschwunden. Wir machen uns alle große Sorgen«, erklärte sie und sorgte dafür, dass der vordere Teil der Schlange unterrichtet und auf dem Laufenden gehalten wurde. »Drei Kinder allein zu Haus. Hoffentlich ist ihr nichts Schlimmes passiert.«

Mit einem Raunen gingen die Vermutungen und phantastischen Variationen der Geschichte weiter, führten auf verschiedene Nebengleise, in Wattwandergeschichten, in denen ganze Familien in der auflaufenden Flut ertrunken waren, in nächtliche Frauenmordgeschichten, in Geschichten, in denen Menschen Zigaretten holen gingen und dann nie wieder auftauchten, in Geschichten von Inselkoller und Familienflucht, in unzählige andere Geschichten.

Tomkin hörte fasziniert zu und blieb eine Weile am Keksregal stehen, das aussah wie nach einer Plünderung. Am Brotstand hatte er gerade noch das letzte Schwarzbrot erwischt. Nun fehlte ihm noch eine Flasche Wein und ein bisschen Mineralwasser. Und etwas Süßes zum Knabbern, um Marie damit zu ärgern. Er würde sie am späten Nachmittag in Wyk an der Fähre abholen und wollte vorher noch ein bisschen schreiben. Mit Schrecken sah er, dass er hier, am hintersten Ende des Ladens, schon wieder in einer Schlange stand, nämlich in der Schlange, die zur Kasse führte. Ganz Oldsum und Süderende schienen in diesem Supermarkt versammelt zu sein, inklusive aller Feriengäste der Ostersaison. Da ging man für ein paar Tage auf eine einsame Insel, um sich ständig in irgendwelchen Menschenansammlungen wiederzufinden!

Tomkin kroch unters Regal, wo er eine letzte Rolle Bahlsenkekse entdeckt hatte, und stellte sich geduldig in die lange Kassenschlange.

»Ach, Sie sind wohl der englische Schriftsteller, was?« fragte ihn Fanny von hinten. »Magnus hat mir von Ihnen erzählt. Und eben hörte ich Ihren Akzent – ein bisschen nur.« Fanny wurde verlegen. Dann streckte sie ihre Hand über den Einkaufswagen. »Ich bin Fanny Ley, ich arbeite bei Magnus. Darum ...«

Tomkin begrüßte Fanny und stellte sich seinerseits vor. Er fühlte sich schon fast wie zu Hause auf der Insel. Zumindest in Oldsum und Süderende.

»Freut mich, Sie kennenzulernen«, sagte Tomkin. »Tut mir leid, dass Sie im Augenblick gerade ...«

»Ja, nicht? Ist das nicht schrecklich?«

Fanny Ley schien vom Thema ihrer verschwundenen Schwägerin noch längst nicht genug zu haben. Im Gegenteil. Nur millimeterweise schob sich die Schlange weiter in Richtung Kasse. Sie waren noch nicht einmal am Spirituosenregal angelangt.

»Ist Ihre Schwester ...«

»Meine Schwägerin. Carmen ist meine Schwägerin. Aber wir sind wie Schwestern miteinander. Mein Bruder hingegen ...«

»Ach, ich glaube, ich habe ihn auch schon kennengelernt, kann das sein? Im Dorfkrug, in dem Gasthof ... mit Magnus ...«

»Natürlich.« Fanny nickte. Sie trug die langen, dicken, hennaroten Haare offen. Es stand ihr gut. Sie hatte eine angenehme, offene Art zu sprechen und einem dabei doch nicht zu nahe zu kommen, fand Tomkin. Die Menschen, die hier lebten, waren geübt im Umgang miteinander. Nirgendwo gab es dieses muffelige Vor-sich-Hinstarren wie in der Großstadt. Man begrüßte sich, man sprach miteinander, und trotzdem gab es bestimmte Schutzmechanismen. Welche genau, hatte Tomkin noch nicht ergründet. Ganz begeistert von so viel Anschluss, ohne dabei von klebriger Geselligkeit bedroht zu sein, ging Tomkin auf die Gespräche ein.

»Die Wirtschaft ist sein zweites Zuhause. Das ist ja das Elend«, fuhr Fanny fort. »Unser Vater war auch so. Hätte er ja was draus lernen können, nicht wahr? Das hat er nun davon, dass ihm die Frau wegläuft. Nur, das ist so gar nicht Carmens Art. Sie ist so eine Sanfte.«

»Sie machen sich Sorgen, dass ihr etwas zugestoßen sein könnte?«

»Natürlich.« Fanny nickte wieder kräftig und schob den Wagen ein Stück weiter in Richtung Kasse.

Tomkin hatte den Eindruck, dass sie das Gespräch für beendet hielt. Sie hatte ihm nicht mehr und nicht weniger gesagt als jedem anderen hier und als er schon von Tagesbeginn an wusste. Ein drolliger Mitteilungsstil, den man hier pflegte. Wiederholung um Wiederholung. Vielleicht war das das Geheimnis des dörflichen Umgangs. Originalität spielte keine Rolle.

Tief versunken und im Geiste schon wieder mitten in seinem Manuskript, schob Tomkin seinen Wagen vor das schwarze Laufband und begann, seine Lebensmittel aufzupacken.

13

Erst als die Fähre vom Festland ablegte, atmete Marie Maas auf. Dagebüll verschwand rasch im Dunst, in einem weißen, feuchten Nebel, den die Sonne nicht zu durchdringen vermochte.

Endlich Urlaub. Diesmal wirklich. Sie hatte es Susanne Bollmann ausdrücklich verboten, sie ein zweites Mal in ihrem Urlaubsparadies aufzustöbern.

Wieder waren kaum Gäste auf ihrer Fähre. In Gegenfahrtrichtung hatte bereits der Rückreiseverkehr eingesetzt, und Fähren und Züge platzten aus allen Nähten. Was für eine gute Idee, sich gegen den Strom zu bewegen. Was für eine gute Idee, die Arbeit schon erledigt zu haben.

Marie Maas bestellte sich wieder Würstchen und Pharisäer. Sie las von vorne bis hinten den *Inselboten* vom Wochenende, der auf dem Schiff kostenlos auslag, und als sie zahlte, gab sie ein anständiges Trinkgeld. Hinter den Scheiben des Salons waren die Halligen aufgetaucht. Bald würde man die Strandpromenade von Wyk erkennen können. Die bunten Strandkörbe, die weißen und roten Gebäude der Kuranlagen, der Hotels und der Geschäfte am Sandwall. Sie ging aufs Achterdeck und suchte sich einen Platz im Windschatten. Die Sonne war wie durch ein Wunder doch durch die Wolken gekrochen und wärmte ihr kräftig Gesicht und Hände. Der Fahrtwind, salzig und voll Gischt, kühlte es wieder ab und erfrischte. Die Küste von Föhr zog wie eine Spielzeugkulisse an ihr vorüber. Und am Hafen würde Tomkin auf sie warten und ein paar wunderbare, freie Tage ohne Leichen und Mörder und vor allem ohne Chef.

Erst als sie sich erhob, um sich langsam hinunter auf das Fahrzeugdeck zu begeben, wo sie ihre Reisetasche im Gang abgestellt hatte, stutzte sie. Da war wieder diese junge Frau, schwarzhaarig, drahtig und sehr klein – sie hatte sie schon einmal gesehen. Sie trug einen großen, unförmigen Kasten unter dem Arm, der mit einem Tuch verhängt war. Das Mädchen von der Druckerei! Das Mädchen, das mit dem Regenschirm auf dem Fahrrad losgefahren war und auch damals diesen rätselhaften, komischen Kasten mit sich führte. Sie sah sich um und registrierte, dass die Kommissarin sie beobachtete. Unwillig wandte sie sich ab und stieg mit den anderen Fahrgästen die Treppen im Schiff hinunter.

Tomkin war mit dem Bus um eine Minute vor drei in Süderende losgefahren. Kurz nach halb vier Uhr war er nach der üblichen Inselrundfahrt in Wyk-Mitte ausgestiegen. Die Fähre sollte um sechzehn Uhr anlegen, und er sah sie schon langsam an Föhrs Küste entlangziehen, als er durch die engen Straßen von Alt-Wyk auf den Sandwall zusteuerte. Die Läden waren fast alle geschlossen, trotzdem waren viele Leute unterwegs und schlenderten durch die Geschäftsstraßen und über die Promenade. Er hatte vorgehabt, noch einen Cappuccino im italienischen Eiscafé zu trinken, aber als er die Fähre so nah vor der Küste sah, glaubte er, dafür keine Zeit mehr zu haben. Nun stand er seit einer Viertelstunde am Kai und wartete, dass sie endlich landete und seine heiß herbeigesehnte Gefährtin, seine Marie, freigab.

Mit ihm warteten viele Leute, und ständig kamen neue Autos vorgefahren. Sie alle reihten sich ein in die Schlangen auf dem Parkplatz, der inzwischen fast voll war. Sie wollten zurück aufs Festland. Es schien Tomkin, als ob er schon seit langem auf der Insel wäre. Dabei waren es gerade erst vier Tage. Alle anderen schienen zu kommen und zu gehen, nur er blieb und blieb.

Ein bekanntes Gesicht tauchte plötzlich unter den Wartenden auf. All die vielen neuen Gesichter, die er in den letzten Tagen kennengelernt hatte, zogen an ihm vorüber. Wohin gehörte dieses? Die blonden, streichholzkurzen Haare, das oval, verschlossene und etwas strenge Gesicht, die kräftige, robuste Figur, lässig gekleidet in Jeans und weites Flanellhemd, das wie eine Fahne im Wind flatterte?

Kreske Lieuwering verschränkte die Arme unter der Brust und fing seinen Blick auf. Verschmitzt lächelte sie ihm zu und nickte zur Begrüßung. Tomkin nickte freundlich zurück. Sie war zwar nicht besonders nett zu ihm gewesen, aber irgendwie verstand man sich. Sie machte ihren Job hier auf der Insel, auch wenn sie eine Fremde zu sein schien wie er. Sie kam von hier und gehörte doch nicht hierher. Irgendetwas stimmte nicht mit ihr. Es war, als würde sie es jedem übelnehmen, der bei ihr aß, während sie die Arbeit tun musste. Schließlich zahlte man doch dafür. Und letztendlich machte sie ihre Arbeit gut. Seltsam.

Marie kam mit einem breiten Grinsen im Gesicht

auf ihn zu.

»Na, du Insulaner? Wie gefällt es dir, mich hier in Empfang zu nehmen? Kein schlechtes Gefühl, wie? Du siehst jedenfalls schon aus wie ein Einheimischer.«

Tomkin nahm ihr die Reisetasche ab und griff nach ihrer Hand.

»Wir müssen uns beeilen, der Bus fährt gleich ab.«

»Beeilen?« Marie war empört. »Ich habe Urlaub.« Erstaunt beobachtete sie, wie ihre junge Bekannte vom Schiff von einer Frau in Empfang genommen wurde, die ihr bekannt vorkam.

»Das ist doch …«

»Kreske Lieuwering. Die Wirtin vom ›Pferdestall‹«, sagte Tomkin und zog Marie hinter sich her wie einen störrischen Esel. »Der Bus fährt in zwei Minuten, und wenn wir ihn verpassen, müssen wir eine Stunde warten.«

»Du kennst dich ja schon gut aus. Was macht denn die verschwundene Kellnerin?«

»Sie ist weiterhin verschwunden. Ah, jetzt kapiere ich!« rief Tomkin und blieb auch stehen. »Das ist vielleicht eine neue Kellnerin.«

»Wir werden es herausbekommen«, sagte Marie Maas und zog nun ihrerseits Tomkin hinter sich her. »Indem wir heute abend gleich essen gehen im ›Pferdestall‹. Ich träume seit Tagen davon.«

»Ich wollte eigentlich nie wieder hingehen.«

»Warum nicht?«

Tomkin zuckte die Achseln.

»Hat es dir nicht geschmeckt am Samstag?« fragte Marie.

»Das ist ja nicht das einzige, was zählt in einem Restaurant.«

»Aber doch wohl das wichtigste.«

»Der Service ist auch wichtig.«

»Du bist aber nachtragend. Du siehst doch, dass man sich um Besserung bemüht.«

»Das meine ich nicht. Diese Kreske ist ziemlich ... unhöflich gewesen. Ich werde es dir gleich erzählen. Los, steig ein. Der Busfahrer wird ungeduldig.«

Fanny war Punkt elf Uhr zu Magnus rübergegangen. Sie hatte einen Schlüssel für die Küchentür. Nach vorne raus zur Straße wurde immer sorgfältig abgeschlossen, damit keine unliebsamen Besucher unangemeldet in der Diele herumstanden. Schließlich war Magnus Pleß ein bekannter Mann, und es kam oft vor, dass sich Gäste nach ihm erkundigten, ihn besuchen und seine Arbeiten sehen oder kaufen wollten. Er stellte zwar auch aus in einer Galerie in Wyk, aber er liebte es auch, selbst mit den Leuten zu sprechen und ihnen den echten Künstler vorzuführen. Dabei war er eigentlich ein ganz normaler alter Herr, fand Fanny. Gar nichts Besonderes an ihm dran. Er wollte genauso seine Ruhe, seine geregelten Mahlzeiten und seine Pantoffeln immer am selben Fleck haben wie ihr Schwiegervater, den sie im Haus gehabt hatte vor ihrer Scheidung.

Eigentlich war sie mit ihm ganz gut klargekommen, manchmal besser als mit ihrem Mann. Man wusste bei ihm immer, was er wollte, und er war sehr zuverlässig in seinen Gewohnheiten und Bedürfnissen. Wohingegen ihr Mann jeden Tag was anderes im

Kopf gehabt hatte. Mal warf er sein ganzes Geld fürs Auto raus, mal wollte er den Fährdienst hinschmeißen und wieder auf große Fahrt gehen, mal wollte er, dass Fanny nur zu Hause saß und den Haushalt machte, dann wieder kam er auf den Gedanken, sie müsse Geld verdienen, weil sein Gehalt für sie beide nicht reichte oder weil sie ihm auf die Nerven ging. Er wurde immer unberechenbarer, und immer wollte er über andere verfügen. Erst als Sina geboren war, hatte Fanny die Konsequenzen gezogen und sich von ihm getrennt. Sie wollte einfach nicht, dass er mit ihrer Tochter ebenso umsprang. Seitdem lebte sie allein mit dem Kind. Sie hatte ihren Mädchennamen wieder angenommen, versorgte Magnus Pleß gegen ein geregeltes Einkommen, kümmerte sich um die Kinder ihres Bruders und ihrer Schwägerin und besorgte den gemeinsamen Gemüsegarten. Sie war mit sich und ihrem Leben zufrieden. Vielleicht war sie zu selbstzufrieden. Und Carmens Verschwinden war nun die Quittung.

Aus irgendeinem Grund hatte sie das Bedürfnis, Magnus' Haus zu durchsuchen. Er kannte Carmen kaum, eben wie ein Nachbar, man grüßte sich. Aber seitdem Carmen verschwunden war, war er seltsam. Verschlossen, gereizt, und vor allem hatte er seine Gewohnheiten verändert. Er ging nicht mehr nach dem Frühstück hinauf in sein Atelier, er zeichnete auch nicht in der Stube, wie er es im Winter tat, wenn es oben zu kalt war. Er tat gar nichts. Er las die Zeitungen, neuerdings war eine überregionale Zeitung vom Festland dazugekommen, trank Unmengen von starkem Tee und ging um elf Uhr aus dem Haus. Früher arbeitete er immer bis zum Mittagessen, und die Zeit von neun bis ein Uhr war für ihn heilig gewesen. Nicht einmal Telefon und Post durften ihn stören. Werktags oder sonntags, feiertags und an seinem Geburtstag – stets arbeitete Magnus Pleß am Morgen bis zum Mittagessen. Danach legte er sich für ein Stündchen aufs Ohr, las seine Post, empfing Gäste oder betätigte sich in seinem üppigen Blumengarten, um dann gegen Abend für ein Stündchen im Wirtshaus zu verschwinden.

Erst hatte Fanny gedacht, dass er mit seinen Fresken in St. Laurentii beschäftigt war. Aber das stimmte nicht. Leif Asmussen, der die Verputzarbeiten in der Kirche machte, hatte ihr erzählt, dass über die Ostertage die Kirche vormittags für Restaurierungsarbeiten geschlossen war. Im Gegenteil, Pastor Wedekind wollte am Ostersonntag sogar einen Ostergottesdienst in der Kirche abhalten, trotz des Gerüstes. Wo also steckte Magnus Pleß von elf Uhr bis zum Mittagessen?

Fanny Ley fing auf dem Boden an. Sie räumte auf, hatte Wischeimer und Staublappen dabei für den Fall, dass Magnus überraschend auftauchen sollte und sich wunderte über ihren österlichen Reinigungseinsatz. Sie konnte sich dann damit entschuldigen, dass der Kummer um Carmen sie ganz verrückt machte und sie sich unbedingt beschäftigen musste. Was im Übrigen ja auch stimmte. Sie reinigte verstaubte Regale und kroch auch in die Ecken, die sie in all den Jahren ihrer Arbeit hier nie betreten hatte. Es war nichts zu finden, was nicht in Magnus Pleß' Haushalt gehörte. Malutensilien, stapelweise Papiervorräte und Leinwandballen, die mit staubigen Tüchern verhängt waren, ein paar kaputte Möbel, die noch aus der Zeit seiner Ehe stammen mussten. Ehemals teure Stilmöbel, denen nun Beine oder Lehnen fehlten; aus einem zierlichen Polsterstuhl mit geschwungener Lehne quoll das Roßhaar. Nichts, was Aufschluss geben könnte über seine neuen Gewohnheiten.

Lange blieb sie vor der geschlossenen Tür seines Ateliers stehen. Die Tür war nicht abgeschlossen, aber es galt das stillschweigende Verbot, den Raum zu betreten. Sie hatte das auch nie getan. Nur mal einen Blick hineingeworfen, wenn die Tür offenstand und sie auf dem Boden, der dem Atelier gegenüberlag, zu tun hatte. Sie war sogar froh gewesen, dass sie diesen Bereich des Hauses nicht auch noch sauberhalten musste. Dort stand alles voller Bilder, und es roch penetrant nach Ölfarben und Terpentin. Überall lagen offene Tuben herum, und ein falscher Fußtritt genügte, um etwas umzuwerfen oder an einem der Bilder einen Kratzer zu verursachen, oder sonst was zu verschandeln. Kunterbunte Bilder, abstrakt, aber doch nicht ganz abstrakt, ein bisschen gruselig. Nirgendwo sonst im Haus hingen sie, und sie waren auch ganz anders als die Zeichnungen und Aquarelle, die Magnus seinen Kunden zeigte oder in der Galerie in Wyk ausstellte. Jedenfalls gab es auch ohne das Atelier im Haus eine Menge Arbeit, die Fanny in den drei Stunden am Vormittag bewältigen musste.

Sie legte die Hand auf die Türklinke. Der Griff fühlte sich kalt und abweisend an. Wenn Magnus nun doch da war, versunken in seine Arbeit vor der Staffelei stand? Wie würde er reagieren, wenn sie hier hereinplatzte? Magnus Pleß konnte sehr wütend werden. Wie ein Vulkan ging er in die Luft, wenn ihm etwas nicht passte. In jungen Jahren musste er ein ziemlicher Haudegen gewesen sein, und seine Exfrau hatte bei ihm sicher nicht viel zu lachen gehabt. Er würde sie mit seinem Blick unter den buschigen Augenbrauen durchbohren und wutentbrannt die Treppe hinunterscheuchen.

Vorsichtig ließ Fanny die Fingerknöchel gegen das Türblatt flattern. Das Klopfen schien ihr ohrenbetäubend laut und herrisch durchs Haus zu hallen. Sie stellte den Wischeimer ab und suchte krampfhaft nach einem Vorwand, für den Fall, dass Magnus jetzt die Tür vor ihr aufriss.

Aber es geschah nichts dergleichen. Natürlich nicht. Sie hatte ihn ja selbst davonradeln sehen vor etwa einer halben Stunde. Punkt elf Uhr, genau wie gestern und vorgestern. Zaghaft drückte sie die kalte Klinke herunter. Ohne einen Ton ging die Tür auf und schlug leise an der Wand an. Das Atelier lag leer und still vor ihr. Niemand war dort. Und nirgendwo stand mehr ein Bild. Nicht ein einziges.

»Tut mir leid«, sagte Tomkin. Er hockte wie ein Yogi im Schneidersitz mitten auf dem Bett und kratzte mit einem kleinen Schweizer Taschenmesser an dem dicken Brotlaib herum. »Ich dachte, ich hätte an alles gedacht. Ich wollte Wein kaufen, aber dann ... kam diese Fanny ...«

»Fanny?« fragte Marie Maas und warf den leeren

Blaubeerjoghurtbecher in den Papierkorb unter dem Waschbecken.

»Fanny, ja. Das ist die Kusine, oder? Nein, die Schwägerin von dieser Carmen, die verschwunden ist. Sie hat mir irgendwas erzählt, und schwups war ich schon an der Kasse und hatte das Wichtigste vergessen.«

»Was hat sie dir denn so Spannendes erzählt?«

»Eigentlich gar nichts. Du, das ist das Geheimnis der Leute hier, sie reden ununterbrochen und geben doch nichts preis. Man kann sie einfach nicht aushorchen, sie erzählen, was sie wollen. Wenn unsereins sagt: Darüber möchte ich mit dir nicht sprechen, tun die Einheimischen hier das Gegenteil: Sie erzählen dir jede Menge Geschichten, die du alle schon weißt, und wenn sie fort sind, fällt dir auf, dass sie total verschwiegen waren.«

»Beredtes Schweigen, einmal in anderem Sinn«, sagte Marie und strich sich über ihren knurrenden Magen. »Ich habe Hunger, Tomkin. Was machen wir jetzt?«

»Eben. Beredtes Schweigen. Magnus auch, der quatscht den ganzen Abend ohne Unterlass, und am nächsten Morgen weißt du nicht mehr, was er gesagt hat.«

Tomkin säbelte verbissen am Schwarzbrot und schob Marie den Frischkäse rüber.

»Kräutersalz habe ich auch vergessen.«

»Wer ist Magnus, um Himmels willen?«

»Ein Künstler. Wir haben uns gleich angefreundet.«

Verdutzt schob sich Marie Maas das trockene

Schwarzbrot zwischen die Zähne. Sie wunderte sich sehr über Tomkin. Sonst hatte er sich immer als ein verschlossener, eher kontaktarmer Mensch gezeigt. Nun entdeckte er plötzlich eine Ader für Geselligkeit.

»Und was macht deine Arbeit? Hast du ein bisschen gelesen?«

»Ich habe ein neues Projekt angefangen.«

Marie Maas hustete und verschluckte sich fast an ihrem Schwarzbrot.

»Was hast du? Und das sagst du so ganz nebenbei?«

»Na ja, was ist schon dabei? Ein Schriftsteller muss schreiben, nicht wahr? Sonst bekommt man schnell den Ruf einer Eintagsfliege.«

»Sieh mal einer an«, meinte Marie kauend. »Findest du nicht, wir sollten darauf anstoßen?«

»Okay, okay, ich gebe es auf. Gehen wir also in den ›Pferdestall‹, ich sehe schon, es ist unvermeidlich. Aber wundere dich nicht, wenn wieder ein Malheur passiert oder so etwas. Irgendwas stimmt nicht in dem Laden. Zumindest nicht, wenn ich dabei bin.«

»Oh, du Armer.«

Marie sprang erleichtert von der Bettkante auf und schlüpfte in Mantel und Schuhe. Sie hatte so gar nichts davon gehalten, ihren Urlaub mit einem trockenen Picknick aus Schwarzbrot und Bahlsenkeksen auf dem Ehebett einzuleiten. Laut scherzend liefen sie die Treppe hinunter und wären fast über Frau Hansen gestolpert, die im Halbdunkel unten in der Diele zwischen den Gartenzwergen stand und die Hände vor der Brust gekreuzt hielt.

»Haben Sie es auch schon gehört?« flüsterte sie mit

Grabesstimme. Gleichzeitig schwang so viel Panik und Betroffenheit darin, dass Marie Maas sofort nüchtern wurde und hellhörig.

»Guten Abend, Frau Hansen. Ich freue mich, wieder hier zu sein. Was sollen wir denn schon gehört haben?«

Frau Hansen gab Marie Maas zaghaft ihre Hand. Sie war eiskalt.

»Sie haben sie gefunden«, sagte sie, und jetzt klang wirklich die reine Katastrophe aus ihrer Stimme. »Im Watt. Sie ist tot.«

14

Als sie in Dunsum am Deich ankamen, war es stockdunkle Nacht. Der Mond war noch nicht aufgegangen, kein einziger Stern leuchtete am Himmel. Nur von fern sah man schwach die Leuchtfeuer von Keitum auf Sylt und von Amrum. Bei klarerem Wetter hätte man auch die Lichter der Häuser sehen können.

Marie Maas und Tomkin waren immer geradeaus die lange Chaussee von Süderende nach Dunsum gelaufen, um auf dem schnellsten Weg zum Deich zu kommen. Die Tote war von Wattwanderern entdeckt worden und sollte von der Küste aus von DLRG-Leuten gesichert und dann mit Hilfe des Kutters »Japsand« geborgen werden. Das Schiff gehörte zum Seenotkreuzer »Eiswette« und wurde wegen seines geringen Tiefgangs für Unglücksfälle im Watt eingesetzt.

Die Straße zog sich endlos und ging zu allem Übel auch noch leicht bergan. Wie immer wehte der Wind von Nordwesten her und blies ihnen kräftig ins Gesicht. Völlig erledigt kamen sie in Dunsum an. Die Landstraße bog hier nach Süden ab Richtung Utersum. Ein schmaler Weg führte auf den Großparkplatz, Treffpunkt der Wattwanderer. Hinter dem Deich gab es eine Furt durch den Priel, und dahinter erstreckte sich kilometerweit das Watt mit seinen Sandbänken und Seehundsplätzen. Marie Maas hatte schon auf der Fähre die Anschlagtafeln gelesen für die nächsten Wattwanderungen. Dass sie nun auf diese Weise näher damit zu tun bekommen sollte, hatte sie allerdings nicht geahnt.

»Da ist ja Fanny Ley«, sagte Tomkin und stupste Marie in die Seite. »Siehst du die Rothaarige da drüben zwischen den beiden Männern? Der eine ist übrigens Magnus Pleß, der Maler, von dem ich dir erzählt habe.«

»Man wird sie geholt haben, damit sie die Leiche identifizieren«, sagte Marie Maas und hockte sich auf einen niedrigen Holzzaun, um sich von dem Gewaltmarsch zu erholen.

Immer mehr Autos tasteten sich mit langen Scheinwerferarmen auf den Parkplatz. Schweigend stiegen die Leute aus und verschwanden hinter dem Deich. Es war wie eine stumme Völkerwanderung. Vereinzelt sah man Taschenlampen aufblitzen. Die Nachricht von dem Leichenfund musste sich wie ein Lauffeuer auf der Insel herumgesprochen haben.

Mit der Zeit wurde es lauter hinter dem Deich, man hörte eine Megaphonansage, Motorengeräusche. Schwerfällig erhob sich die Kommissarin und hängte sich bei Tomkin ein.

»Ich muss den Einsatzleiter finden und mich vorstellen, Darling. Bis die Kripo vom Festland hier ist, wird es eine Weile dauern. Vielleicht braucht man mich.«

»Ich verstehe«, sagte Tomkin. Ausnahmsweise einmal war er nicht erbost, weil Marie ihn stehenließ, um ihre Arbeit zu tun.

Schwarz in Grau hoben sich die Umrisse der Menschen vor den Wattflächen ab. Der Priel war schon ziemlich hoch aufgelaufen, aber die Flut würde noch ein paar Stunden auf sich warten lassen. Absolutes

Verbot für alle, das Watt zu betreten in dieser Zeit. Nur wenn das Wasser abläuft, darf man sich hinauswagen in die Schlammwüste, diesen einzigartigen und schwierigen Lebensraum für Pflanzen, Tier und Mensch.

Wieder die Durchsage: »Bitte gehen Sie nicht ins Watt und geben Sie den Weg frei für die Rettungsmannschaften.«

Dann schälten sich ein paar Gestalten aus der Dunkelheit. Sie trugen gelbes Ölzeug und standen bis über die Knie im Wasser. Vier der Männer trugen eine Bahre.

»Sie haben sie doch zu Fuß geborgen. Sie muss ziemlich nah an der Küste gelegen haben«, meinte Tomkin.

»Die nächste Flut hätte sie mitgebracht«, sagte ein älterer Mann neben ihm. Er trug eine Schiffermütze tief ins Gesicht gezogen und kaute auf seiner Pfeife, die im starken Wind ausgegangen war.

»Ich gehe jetzt mal«, sagte Marie und drückte Tomkins Ellbogen. »Wartest du hier auf mich?«

Ein paar Männer in Ölzeug bildeten eine Absperrung vor dem Treppchen, das über die letzten Meter Böschung bis ans Wasser reichte. Triefnass kamen die DLRG-Männer an Land und legten ihre Last auf dem Deichfuß ab. Zwei starke Scheinwerfer wurden eingeschaltet und beleuchteten die Szenerie. Auf die Gesichter traten harte Schatten. Marie Maas schaute einen Augenblick an den Männern, die die Absperrung bildeten, vorbei und versuchte einen Blick auf die Bahre zu werfen. Es war ganz eindeutig eine Frau, die dort lag. Das sah man an den Kleidern. Mehr wollte sie am liebsten gar nicht wissen. Die Rothaarige, die Tomkin ihr als Fanny Ley vorgestellt hatte, wurde jetzt hinter die Absperrung geschoben und mit ihr ein Mann, nachlässig gekleidet und offenbar ziemlich betrunken. Vielleicht war er ein Angehöriger der Vermissten. Er blieb weit entfernt von der Bahre mit der Toten stehen und schlug die Hände vors Gesicht. Seine Schultern bebten. Die Rothaarige trat auf die Bahre zu, und man drehte die Leiche ein Stückchen zu ihr herum.

Es war einen Augenblick lang ganz still. Nur der Wind zerrte an den schweren Regenanzügen und trug die Schreie der Möwen und anderer Seevögel zu ihnen herüber, denen das Wasser mehr und mehr ihr Watt, ihr gedecktes Tischchen, raubte. Das Wasser des Priels schlug heftig gegen die Steine der Böschung.

Fanny Ley wandte sich ab und schüttelte den Kopf. Sie wurde von einem Polizisten an die Seite geführt. Marie Maas konnte nicht verstehen, was er sagte.

»Nein«, rief die Rothaarige. »Ich sage doch, das ist sie nicht. Seht doch hin.«

Jetzt traten auch andere hinter der Absperrung hervor, unter anderem auch der Maler, der mit flatterndem Bart und Kopfhaar sich ganz hinabbeugte, zu der Leiche. Er ging zu dem betrunkenen Angehörigen und schüttelte ihn.

»Sie ist es nicht. Es ist nicht deine Carmen, verdammt! Jetzt reiß dich zusammen, Sönke!«

Marie Maas bahnte sich entschlossen einen Weg hinter die Absperrung. Sie ging auf den Polizeibeamten zu, der immer noch mit Fanny Ley an der Böschung stand und mit seinem Funkgerät hantierte.

»Herr Kollege, wenn ich mich vorstellen darf? Ich bin Kriminalhauptkommissarin Marie Maas von der Kripo in Hamburg. Wenn die Kollegen aus Flensburg da sind, würde ich gerne mit Ihnen sprechen.«

Der Beamte begrüßte die Kommissarin förmlich und gab dann seinen Funkruf zur Zentrale in Wyk durch.

»Ist es richtig, dass die Tote nicht die vermisste Kellnerin aus dem Restaurant in Süderende ist?« fragte Marie Maas. »Das ist richtig«, sagte der Beamte. »Jedenfalls hat Frau Ley die Tote eben nicht identifizieren können. Wollen Sie mit ihr sprechen?«

»Später«, sagte Marie Maas. »Ich gebe Ihnen meine Anschrift hier auf der Insel und werde mich morgen früh bei Ihnen melden. Heute Abend kann man ja sicher nichts mehr ausrichten. Wer hat die Leiche entdeckt?«

»Kapitän Frahm. Er steht da drüben bei den Jungs von der DLRG. Er war mit ein paar Gästen im Watt.«

»Danke, Kollege. Dann bis morgen.«

Marie Maas ging auf die andere Seite der Menschenansammlung und tippte Kapitän Frahm sacht auf die Schulter. Jedenfalls hielt sie ihn für den Kapitän. Er trug als einziger keine Ölsachen, sondern eine Jeansjacke und hatte eine bunte Strickmütze auf dem Kopf. Er wandte sich zu ihr um.

»Kriminalkommissarin, so. Da sind Sie ja richtig hier«, sagte er und musterte sie genau, nachdem sie sich vorgestellt hatte.

»Ich würde mich gerne einen Augenblick mit Ihnen unterhalten. Können wir hier irgendwo ...?«

»Was halten Sie vom ›Pferdestall‹ in Süderende? Ich muss nämlich noch was essen. Ich war den ganzen Tag im Watt. Und dann noch eine Tote auf nüchternen Magen ... kommen Sie, mein Wagen steht da drüben.«

Kapitän Frahm wäre ein idealer Zeuge gewesen. Er konnte nämlich gut erzählen. Was nützt ein Zeuge, der seine Beobachtungen nicht zu schildern vermag? Nur war Kapitän Frahm leider kein Zeuge irgendwelcher Geschehnisse geworden, sondern hatte lediglich die Überreste gefunden, das Ergebnis, die Leiche eben. Dennoch hatte er viel zu berichten und war damit unterhaltsamer, als die beste Zeugenaussage es hätte sein können.

»Ich habe gleich gesagt, dass sie es nicht ist«, sagte er, und seine Stimme erreichte mit Leichtigkeit auch die lauschenden Gäste am Nebentisch, die beiden Kellnerinnen, die am Tresen lehnten und zuhörten, und die Chefin und den Koch, die ihre Köpfe aus der Küche streckten. »Aber die Leute hören einem ja nie richtig zu.«

Marie Maas, Tomkin und der Käpten hatten an einem Tisch im vorderen Teil des Restaurants Platz genommen. Außer ihnen war nur noch der Nebentisch besetzt. Ein Ehepaar Mitte Vierzig, das offenbar nicht auf Schulferien und Feiertage angewiesen war, verzehrte gerade seinen Nachtisch. Die Hauptessenszeit war vorüber. Die drei Nachkömmlinge hatten Bier – Jever –, Schafskäsesalat, Knoblauchbrote und Steaks mit frischen Champignons bestellt. Marie Maas schlug der Anblick von Leichen schon lange nicht mehr auf den Magen. Tomkin hatte sich extra nicht so dicht an die Tote herangewagt, um nicht schon wieder auf eine Mahlzeit verzichten zu müssen, und Käpten Frahm hatte den Schrecken schon längst verdaut und behandelte den Fall nun als Aufhänger für sein Seemannsgarn.

Nicht dass er so kalt gewesen wäre, kein Mitleid gehabt oder völlig gleichgültig reagiert hätte. Im Gegenteil, die Angelegenheit interessierte ihn sehr. Es schien, als ob in ihm ein richtiger Kriminalist versteckt war, beziehungsweise ein Forscher und Finder, der, geschult auf dem artfremden Gebiet der Zoologie und Botanik des Meeresgrundes, nun plötzlich auf die Menschheit losgelassen war.

»Ich sage es ja immer meinen Teilnehmern: Das Watt ist mörderisch. Wer sich nicht auskennt, soll mit den Füßen an Land bleiben. Aber ... die Leute hören ja nicht zu. Jedes Jahr muss erst mal einer ertrinken, damit sie es kapieren. Früher haben sich die Leute erzählt, das Meer fordere Tribut, sie müssten jemanden opfern, wenn zum Beispiel ein Deich gebaut wurde. Dabei war es wahrscheinlich immer schon so, dass es alle Jahre wieder einen Vorwitzigen gab, der sich zu viel zutraute und zu weit hinauslief und absoff. Und der dann als ›Tribut für das Meer‹ mystifiziert wurde. Was halten Sie davon, Kommissarin, Sie als Expertin?«

Kapitän Frahm prostete der Kommissarin zu und sah sie über sein Glas hinweg an. Ein Zyniker, dachte die Kommissarin und schob ihr Bierglas ein Stückchen weiter von sich weg. Das Jever war ihr viel zu bitter. Sie würde gleich zum Essen ein Glas von dem feinen weißen Burgunder bestellen. Hier verpasste sie sowieso nicht viel, falls ihr der Wein zu Kopf steigen sollte. Der Käpten war zwar unterhaltsam, aber sonst hatte er eigentlich nichts zu den Ermittlungen beizutragen.

Das Essen wurde von den beiden Kellnerinnen gleichzeitig gebracht. Einer ruhigen, blitzsauberen jungen Frau in blütenweißer Bluse, die die drei Salatteller mit der einen und zwei halbmeterlange Knoblauchbrote auf zwei Tellern mit der anderen Hand trug. Das dritte Knoblauchbrot balancierte die hektische Kellnerin, die sich schon beim Servieren der Krabbensuppe hervorgetan hatte.

»Danke, Edi«, sagte der Käpten und blies ihr unhöflich seinen Rauch ins Gesicht. »Du kommst auf deine alten Tage auch noch mal richtig ins Schwitzen hier, was?«

Die Edi genannte Kellnerin machte ein Gesicht, als wolle sie mit einer gepfefferten Antwort parieren, besann sich dann aber. Schließlich waren Fremde mit am Tisch. Sie war Mitte Vierzig und sorgte mit schlanker Taille und flotter Kurzhaarfrisur dafür, wesentlich jünger auszusehen. Erst auf den zweiten Blick – und den hatte Käpten Frahm offenbar schon öfter auf sie geworfen – sah man ihr ihr Alter an. Die Kommissarin, etwa ebenso alt wie Edi, widmete sich resigniert ihrem Salatteller. Eigentlich hasste sie es, mit solchen Männern an einem Tisch zu sitzen. Der erst so imposante Kapitän entpuppte sich mit sinkendem Bierpegel in seinem Glas als ein ganz ordinärer Macho.

»Die hat nämlich bislang mehr mit den Zähnen malocht als mit den Beinen, stimmt's?« Der Käpten lachte und zeigte mit der Gabel auf Edi, die immer noch unschlüssig neben dem Tisch stand.

»Du bist doch nur sauer, weil Carmen dich hat abblitzen lassen«, sagte Edi, die jetzt doch die Beherrschung verlor. Ihre Kollegin war einen Schritt hinter ihr stehengeblieben und zupfte sie am Ärmel. Dabei warf sie wachsame Blicke in Richtung Küche.

»Komm jetzt, Edi. Lass ihn doch.«

Edi schüttelte ihre Hand ab.

»Gleich. Die Carmen«, wandte sie sich an die Kommissarin, »die Carmen, die hat nämlich auf allen Registern gespielt, wissen Sie? Die hat ihren Job beherrscht, das kann ich Ihnen sagen. So kurz« – Edi bezeichnete mit der Handkante eine Stelle auf ihren Oberschenkeln, verdächtig weit oben –, »so kurz, ungelogen, so kam die hier zum Dienst. ›Tritt dir bloß nicht auf den Rock‹, habe ich ihr immer gesagt. ›Tritt dir bloß nicht auf den Rock!‹« Sie wiederholte sich, bis auch Tomkin grinsen musste. »So lief die hier rum. Hätte mich wirklich nicht gewundert, wenn man sie heute im Watt gefunden hätte.«

»Sie war's aber nicht«, sagte Kapitän Frahm kauend. »Auch wenn's dir leid tut. Und jetzt mach mir noch mal einen Eimer voll.« Er hielt ihr sein leeres Bierglas hin.

15

Guten Morgen, Kommissarin. Kommen Sie herein. Die Kollegen aus Flensburg sind auch schon da.«

Marie Maas betrat zögernd das Einfamilienhaus, in dessen unterer Etage die Polizeiwache untergebracht war. War das alles für die ganze Insel mit immerhin zehntausend Einwohnern und im Sommer noch einmal so vielen Gästen? »Früher hatten wir ja fast nur in Wyk zu tun. Bevor die Gäste kamen«, sagte Polizeiwachtmeister Ahrendskiel und wies der Kollegin höflich einen Platz vor seinem Schreibtisch.

»Das ging doch erst nach 1969 richtig los, nicht wahr?« sagte Kollege Sigmundson aus Flensburg. Er war mit einem jüngeren Beamten angereist. Beide waren strohblond, der eine mit schon gelichtetem Haarkranz, der andere mit einer dicken, blonden Tolle. Er kam wahrscheinlich direkt von der Polizeihochschule, vielleicht war dies sein erster Mordfall – wenn es denn einer war.

»Vorher haben sich ja manche von uns kaum aufs Westerland getraut«, meinte Ahrendskiel grinsend. Er war der Dienstälteste hier in der Wache.

»Wieso?« fragte Marie Maas erstaunt.

Die Kollegen sahen sich an. Offenbar kannten die Flensburger sich hier aus. Sigmundson grinste ebenfalls.

»Na ja. Zwischen Osterland und Westerland auf Föhr gab es schon immer ... Reibereien.«

»Darf ich fragen ... ich bin zum ersten Mal auf Föhr«, tastete sich Marie Maas vor. »Was ist denn das

Osterland?« »Früher war die Insel geteilt«, erklärte Sigmundson.

»Da drüben hängt die Karte«, sagte Ahrendskiel und erhob sich hinter seinem Schreibtisch. »Föhr, wie es heute aussieht, gibt es erst seit etwa fünfhundert Jahren. Vorher waren die Inseln hier oben, also Föhr, Sylt, Amrum und die Halligen, nur durch Priele und Niederungen voneinander getrennt. Haben Sie schon mal eine Kirchenführung in Nieblum gemacht?«

Marie Maas schüttelte den Kopf.

»Ich bin ja erst seit gestern hier ...«

»Ach ja. Nun, sonst wüssten Sie schon, wie es hier früher aussah. St. Johannis in Nieblum war nämlich früher die Pfarrkirche für Föhr, Amrum, Langeneß, angeblich sogar für Nordschleswig. Und die Leute kamen am Sonntagmorgen von überall her zu Fuß oder mit dem Pferd. Da staunen Sie, was?«

Marie Maas nickte. Der junge Adept aus Flensburg hörte eher gelangweilt zu.

»Und darum war die Insel früher auch keine Einheit, sondern der Westteil und Amrum waren die Westerharde, und hier, Wyk, das es damals natürlich als Stadt noch gar nicht gab, und der Ostteil der Insel, war die Osterharde.«

»Seit wann gibt es hier denn eine Geschichtsschreibung?« »Seit Mitte des dreizehnten Jahrhunderts. Nun, und dann gab es Krieg zwischen den Dänen und den Schleswigern, und die Westerharde wurde dänisch, während wir hier zum Herzogtum Schleswig gehörten.«

»Das allerdings unter der Oberhoheit der dänischen

Krone stand«, ergänzte Kommissar Sigmundson mit erhobenem Zeigefinger.

»Ich dachte, der dänische König hatte Wyk als sein Kurbad auserkoren?«

»Das war ja viel später! Sie meinen König Christian VIII. von Dänemark. Er kam zum ersten Mal 1842 nach Wyk. Damit begann die sogenannte Königszeit, und das Seebad Wyk, das 1819 seinen Betrieb mit achtzig Betten aufnahm, gelangte zur Blüte ... aber schon ein paar Jahre später, 1864, wurden die Dänen endgültig von der Insel vertrieben. Darauf wollte ich hinaus. Westerland blieb den Dänen immer verbunden, und Osterland fühlte sich immer den Schleswigern näher.«

»Das ist aber nicht der Grund, warum ihr euch früher nicht nach Oldsum getraut habt.« Sigmundson lachte. »Das ist doch ein bisschen weit hergeholt.«

Ahrendskiel wog bedächtig den Kopf.

»Daher kommt das schon. Aber ...«

»Ich erinnere mich an eine Begebenheit, da habt ihr ganz schön Prügel einstecken müssen ...«

»Ja«, sagte der Wachtmeister. Offenbar wollte er das Thema jetzt lieber wechseln. Er fing an, auf seinem Schreibtisch herumzukramen.

»Es gibt da ziemlich rauhe Burschen in Oldsum und Süderende. Seefahrer- und Bauernfamilien, die lange Zeit sich selbst überlassen waren«, erläuterte Sigmundson, um die angefangene Geschichte zu Ende zu bringen. »Die waren es gewohnt, ihren Ärger unter sich allein auszumachen. Polizei brauchte man eigentlich erst, als die Fremden kamen. Hier in Wyk gab es ja schon lange Gäste vom Festland. Aber die kamen nie bis ans andere Ende der Insel. Das hat erst in den sechziger Jahren angefangen. Und so lange wurde ein Polizist aus Wyk zum Beispiel in Oldsum ganz einfach wieder nach Hause geschickt. Man sprach gar nicht mit ihm, bestenfalls. Man hatte keinerlei Vorstellung von staatlicher Ordnung dort. Einmal gab es eine Schlägerei nach einem Ringreitturnier. Als die Ordnungshüter aus Wyk eintrafen, wurden sie einfach mit verprügelt. So war das.«

»Ist ja heute alles lange vorbei«, murrte Ahrendskiel. »Jetzt lasst uns mal mit der Arbeit anfangen. Wir sind doch nicht zum Vergnügen hier, nicht wahr, Frau Maas?«

Marie Maas nickte.

»Konnte die Leiche schon untersucht werden?«

»Wir haben sie sogar schon identifizieren können«, sagte Ahrendskiel und zog einen Zettel aus seinen Unterlagen, den er die ganze Zeit gesucht hatte. »Wir haben sie gestern Abend noch aufs Festland geschafft mit der Küstenwacht. Heute Morgen wurde sie in Flensburg untersucht, die Obduktion ist noch im Gange. Telefonisch konnte man uns aber bereits mitteilen, dass die Tote Norwegerin ist und vermutlich identisch mit einer gewissen Elise Torin aus Stavanger, die dort seit dem zwölften Februar als vermisst gilt. Man nimmt an, dass sie sich von der Englandfähre von Esbjerg aus ins Wasser gestürzt hat. Sie hatte sich auf dieser Fähre eingeschifft, und in ihrer Kabine wurde auch ein Abschiedsbrief gefunden. Nur ihre Leiche war bisher nirgends aufgetaucht.«

Marie Maas schwieg. Sie hatte zwar nicht angenommen, dass die Tote sich doch noch als Carmen Ley entpuppen würde, denn die Reaktion von Fanny Ley gestern Abend war absolut überzeugend gewesen. Welche Veranlassung auch sollte Fanny Ley gehabt haben, ihre Schwägerin zu verleugnen? Außerdem kannten sie zu viele Leute auf der Insel. Und schließlich und endlich sah eine Wasserleiche, die seit vier Wochen oder mehr im Wasser gelegen hatte, anders aus als eine Tote, die erst vor ein paar Tagen ertrunken war.

»Ist die Frau ertrunken?« fragte sie.

Ahrendskiel zuckte die Achseln.

»Die Obduktion ist noch nicht abgeschlossen. Aber ich nehme an, die Ermittlungen werden jetzt nicht mehr bei uns liegen.«

»Wir werden uns mit den Kollegen in Norwegen und Dänemark absprechen«, sagte Sigmundson.

»Wir haben auch so genug Arbeit«, seufzte Ahrendskiel. »Immerhin hat der Fund der Leiche gestern Abend dazu geführt, dass die Familie Ley Vermisstenanzeige erstattet hat.«

Marie Maas sah überrascht auf.

»Sie haben schon von dem Fall gehört?« fragte er.

»Sicher. Ich wohne ja in Süderende.«

»Aha.« Ahrendskiel überblickte missmutig seinen Schreibtisch. »Wollen Sie mitkommen? Ich werde heute Nachmittag ihre Arbeitgeberin vernehmen. Dort wurde Frau Ley zuletzt gesehen.«

»Ja, gern«, hörte Marie Maas sich sagen und ließ es einfach so stehen. Eigentlich war sie bloß neugierig, was Kreske Lieuwering zu Carmens Verschwinden sagen würde. Und sie brauchte ja nur zuzuhören …

»Ist sie schon in der bundesweiten Fahnung?«

»Natürlich. Das geht doch automatisch. Ich nehme auch stark an, dass sie die Insel verlassen hat. Vielleicht mit einem Privatboot. Sie soll ja ziemlich … na ja.«

»Wie bitte?«

»Sie war wohl keine besonders treusorgende Mutter und Ehefrau, um es mal vorsichtig auszudrücken«, sagte Ahrendskiel. »Jedenfalls deutete ihr Mann so etwas an.«

»War ihr Mann nicht bei der Gegenüberstellung gestern Abend dabei?«

»Ja. Sönke Ley. Er hat sie nicht identifizieren können.«

Dieser Feigling hat sich nicht einmal getraut, die Leiche anzusehen, dachte Marie Maas empört. Und hier hat er dann den großen Helden gespielt.

»Er hatte etwas reichlich getrunken«, sagte sie.

»Kein Wunder, wenn einem die Frau wegläuft«, meinte Sigmundson.

»Ach so. Aber wenn man drei Kinder zu versorgen hat … sollte man sich da nicht ein wenig zusammennehmen?«

»Um die Kinder kümmert sich die Schwägerin«, meinte Ahrendskiel.

»Na, dann ist ja alles in Ordnung«, sagte Marie Maas spitz. Sie erhob sich und schüttelte den drei Kollegen zum Abschied die Hand. Bloß keinen Krach anfangen. Sie war doch im Urlaub.

»Bis später. Wir sehen uns um zwei Uhr im ›Pferdestall‹.«

»Ahoi, Kommissarin«, sagte Sigmundson. »Und seien Sie nicht ganz so hart mit uns Männern.« Er lachte dröhnend. Marie Maas nahm Reißaus. Warum musste sie immer mit solchen Männern zu tun haben? Wann würde das endlich einmal anders werden?

Tomkin hatte einen Espresso getrunken und kämpfte mit sich, ob er noch einen Eisbecher nachschieben sollte. Er war der einzige Gast im italienischen Eiscafé und die Chefin persönlich hatte ihn bedient. Eine zierliche, energische Italienerin, die ihre Jungs hinter dem Eistresen mit knappen Befehlen auf italienisch in Trab hielt. Ihr Mann, im feinen, dunklen Anzug, schaute nur kurz einmal herein. Tomkin verschwand hinter seiner Tageszeitung.

»Wie schön, dass du schon da bist«, seufzte Marie und ließ sich auf einem Stuhl an seinem Tisch nieder. »Sind unsere Fahrräder noch da?«

»Was denkst du denn. Wir sind doch nicht in Hamburg.«

»Aber sie nicht einmal anzuschließen, ist doch wirklich leichtsinnig.«

»Wir sind auf einer Insel, Marie. Hier wird nicht gestohlen.«

»Das halte ich für ein Gerücht.«

»Was gibt's? Waren deine Kollegen nicht nett zu dir?«

Die Kommissarin wischte die Bemerkung mit einer ungeduldigen Bewegung vom Tisch.

»Die Leiche ist ein Import aus Norwegen. Aber die Familie Ley hat Vermisstenanzeige erstattet. Das hat ihnen wohl einen ordentlichen Schreck eingejagt.«

»Sieh mal einer an. Und jetzt fährst du gleich wieder nach Hamburg, um dort das Unterste nach oben zu kehren auf der Suche nach Carmen Ley?«

»Unsinn. Jetzt mache ich richtig Ferien auf Föhr. Als erstes besichtigen wir endlich eine Vogelkoje. Anschließend fahren wir mit unseren tollen Fahrrädern quer über die Insel und essen unterwegs irgendwo zu Mittag. Was hältst du davon?«

»Meinst du, ich sollte keinen Eisbecher mehr essen?« fragte Tomkin.

»Nein«, befahl die Kommissarin und rief die Kellnerin, um den Espresso zu bezahlen.

16

Magnus Pleß radelte hart gegen den Wind. Er duckte sich über seinen Fahrradlenker und keuchte. Sein Herz schmerzte, er sollte sich nicht so anstrengen. Jeden Morgen diese Tour raus an den Deich. Es musste endlich Schluss sein.

Gleich nach dem Frühstück hatte er Fanny zur Polizei geschickt. Am besten wäre es, sie würden sie finden, dachte er. Einerseits, dann war er jedenfalls diese Last los. Vielleicht sollte er nachhelfen, einen Tip geben.

Aber erst musste er weg von hier. Er musste die Bilder in Sicherheit bringen. Und sich selbst.

Heute hatte es in der Zeitung gestanden. »Der langgesuchte Betrüger Ludwig Baron von Pfeffern, 32, konnte am Ostersamstag in einer Druckerei in Hamburg St. Pauli verhaftet werden. Gefunden wurden bei ihm Druckvorlagen für holländische Hundertguldenscheine für Offset-Druckanlagen, die offenbar noch am selben Tag in der Druckerei in der Clemens-Schultz-Straße gedruckt werden sollten. Durch das beherzte Eingreifen der Polizei konnte der Bande das Handwerk gelegt werden. Weitere Verhaftungen sind zu erwarten. Die Ermittlungen sind noch nicht abgeschlossen.«

Damit konnten sie nur ihn meinen. Sie mussten Bilder bei Ludwig gefunden haben. Einen Nolde und zwei Rembrandt-Zeichnungen. Er hatte sie ihm ja erst am Vormittag mitgegeben. Und dann ging der Wagen kaputt. Um keine Zeit zu verlieren und vor allem den Drucktermin nicht platzen zu lassen, hatte Ludwig kurzerhand den Abschleppdienst gerufen und den Wagen auf die Fähre schleppen lassen. In Niebüll sollte ihn dann ein Kollege erwarten, der den Schaden beheben konnte oder einen Ersatzwagen stellte.

Vielleicht erkannten sie die Fälschungen nicht sofort, auf jeden Fall aber würden sie in Seebüll anfragen, im Noldemuseum, ob der echte »Ungläubige Thomas« dort hing oder nicht. Es war eine Frage von Tagen oder Stunden, bis sie dahinterkämen, dass es sich um Fälschungen handelte. Obwohl es erstklassige Arbeiten waren.

Magnus Pleß bog keuchend in die Dorfstraße ein und ließ das Rad im Windschatten der Häuser ausrollen. Das letzte Stück bis zu seinem Haus musste er schieben, so kaputt war er.

Sollte er Carmen einfach freilassen und mit seinen Bildern verschwinden? Aber wohin? Erst hatte er gedacht, diesen Engländer zu beschwatzen. Er könnte doch mit ihm nach England fahren, dort eine Weile untertauchen. Der Mann war in Ordnung. Vielleicht konnte man ihn sogar einweihen. Künstler waren zu allem bereit, wenn es Geld dafür gab. Er hatte nur noch nicht herausbekommen können, ob es dem Mann an Geld fehlte. Außerdem war er, Magnus Pleß, gerade alles andere als flüssig. Ludwig wollte ihm ja erst wieder was schicken. Da konnte er nun lange drauf warten.

Oder er verschwand und rief dann Fanny an und sagte ihr, wo Carmen steckte. Bis dahin musste sie eben noch gefesselt und mit diesen Pillen vollgestopft liegen bleiben. Es gab Schlimmeres. Wenn er an den Schreck dachte, als sie die Tote aus dem Watt gezogen hatten! An Fannys Panik. An diesen Jammerlappen von ihrem Bruder. Weg musste er, er konnte sie alle nicht mehr sehen!

Er schloß seine Haustür auf und ließ einen Blick über die Straße schweifen. Noch konnte er weg. Niemand verdächtigte ihn. Von der Hauptstraße her bogen dieser Engländer und eine zweite Person, beide auf Rädern, in seine Straße ein. Sie kamen näher, und Magnus Pleß hob die Hand zum Gruß.

»Moin, moin. Ganz schön windig, wie?«

»Guten Morgen. Wir hatten Rückenwind, wider Erwarten. War trotzdem ganz schön anstrengend von Wyk bis hierher«, rief Tomkin. »Vielleicht sehen wir uns ja heute Abend? Oder am Nachmittag? Bist du wieder in der Kirche?«

»Kann sein«, sagte Magnus Pleß und drehte sich rasch um. Die Frau neben dem Engländer, war das nicht die Kripotante aus Hamburg?

Er stürmte in seine Wohnung. Sein Leben hatten sie ihm kaputtgemacht, diese Schweine. Seine Bilder hingen in den großen Galerien in der ganzen Welt. Er war Nolde, er war besser als Nolde, nur wusste das niemand außer ihm. Sollte er jetzt in den Knast gehen wie Ludwig? Er warf seine Tasche mit den Broten von gestern auf den Küchentisch. Carmen hatte nichts davon angerührt.

»Fanny? Fanny!

Niemand antwortete.

»Fanny! Ich muss verreisen. Ich packe meine Koffer.

Mir reicht es hier!«

Fanny kam stumm aus der Küche. Sie trocknete sich ihre Hände an einem Küchenhandtuch ab. Sie sah ihn aufmerksam an.

»Du weißt, wo Carmen ist«, sagte sie leise.

17

Die Mittagszeit war vorbei und das Restaurant schon geschlossen, als Marie Maas um zwei Uhr vor dem »Pferdestall« auftauchte. Das Licht im Schaukasten war aus, und am Fahrradständer stand kein einziges Fahrrad.

Sie klopfte ans Fenster und wartete. Niemand rührte sich. Schließlich nahm sie ihr Rad und fuhr einmal rund um den Gebäudekomplex.

»Kreske Lieuwering« stand an einem Postkasten am Gartenzaun. Hinter hohen Sträuchern und Obstbäumen wölbte sich das graue Reetdach der ehemaligen Stallungen des stattlichen Gehöfts. Zaghaft öffnete die Kommissarin die Gartenpforte und hörte von weitem Stimmen, in eine Unterhaltung versponnen.

Wild kläffend sprangen zwei junge Hunde auf sie zu. Ein braunes und ein weißes Wollknäuel hingen an ihren Hosenbeinen, schnappten verspielt nach ihren Händen und veranstalteten einen ungeheuren Lärm. Hinter ihnen marschierte, flügelschlagend, eine Stockente.

»Konrad, Hannes, hierher! Hört ihr wohl auf zu kläffen! Kommen Sie ruhig herein, die tun nichts. Das sind noch Babys. Pia! Nimm mal deine Watschelente hier weg!«

Kreske Lieuwering griff nach den beiden Hunden und drückte die zappelnden Welpen an ihre Brust. Sie hörten nicht auf zu kläffen und leckten und schnappten gleichzeitig nach Kreskes Nase. Die Ente blieb hinter ihr stehen und begann eifrig, an den sprießenden Primeln zu zupfen.

Pia Struwe trat aus der Küchentür und war mit zwei Schritten bei ihrem Tier. Mit vorwurfsvoller Miene ergriff sie ihren Schützling und trug ihn zurück auf das Fleckchen Wiese, das die Hinterseite des Restaurants zierte.

Gleich daneben saßen an einem windgeschützten Tischchen mit Bank und Gartensesseln Wachtmeister Ahrendskiel, der namenlose Polizeibeamte, der auch am Deich in Dunsum dabeigewesen war, als die Leiche der Norwegerin aus dem Watt geborgen wurde, sowie die beiden Kellnerinnen aus dem »Pferdestall« und der Koch, noch in seiner weißen Arbeitskleidung. Kreske verschwand im Haus, brachte die Hunde irgendwohin und kam mit zwei Stühlen für sich und die Kommissarin zurück. Pia Struwe hockte sich auf die Erde zu ihrer Ente. Marie Maas fiel erst jetzt auf, wie klein die Frau war. Deshalb wahrscheinlich hatte sie auf ihrem Fahrrad mit Regenschirm so drollig ausgesehen. Wie Mary Poppins im Regen.

»Wollen Sie auch Kaffee?« fragte Kreske Lieuwering. Es klang gereizt. Sie müsste noch einmal aufstehen und eine Tasse holen. Marie Maas winkte ab.

»Danke, ich habe gerade welchen getrunken.«

»Wir haben schon angefangen, Kollegin«, sagte Ahrendskiel. »Darf ich vorstellen? Frau Maas von der Kripo Hamburg kennen Sie ja offenbar schon. Und hier haben wir Frau Lieuwering, die Pächterin des Restaurants ›Zum Pferdestall‹, Margarete Leander aus Oberfranken, die hier als Saisonkraft arbeitet, Edith Nickels aus Oldsum, ebenfalls Saisonkraft, Thomas

Brabant aus Westfalen, Koch, sowie Pia Struwe aus Bremen, die hier gerade als Küchenmädchen angefangen hat.«

Zufrieden sah Wachtmeister Ahrendskiel in die Runde. Er hatte sie alle aus dem Kopf hergesagt und erst mal für Ordnung gesorgt, indem er die Leute zugeordnet und benannt hatte. Alles Weitere würde sich ergeben.

»Aus Bremen?« fragte die Kommissarin. »Sind Sie nicht aus Hamburg? Ich dachte ...«

Pia Struwe erwiderte ihren Blick, antwortete aber nicht. Marie Maas zuckte die Achseln. Sollte sie sich doch getäuscht haben?

»Wo war ich stehengeblieben?« fuhr Kreske fort. »Also, Carmen arbeitet schon bei mir, seitdem ich den Laden übernommen habe vor drei Jahren. Immer von Ostern bis zum Herbst. Maggi ist erst seit dem letzten Jahr dabei, und Edi hat gerade erst angefangen. Sie sollte eigentlich in der Küche arbeiten und ist dann im Service eingesprungen, als Carmen ausfiel.«

»Berichten Sie uns davon. An welchem Tag genau ist Carmen verschwunden?«

»Das war Karfreitag. Stimmt's?«

Edith und Margarete nickten, und Kreske fuhr fort: »Sie hatte die Mittagsschicht gemacht, es war viel los gewesen. Weil Maggi noch keinen Job tagsüber hat, ist sie mit in die Schicht gegangen. Es war richtig voll.«

»Fast sechzig Essen«, bestätigte der Koch. Er sah kaum auf, während er sprach, er schien schüchtern zu sein. Er war jünger als die Frauen, keine Dreißig, und trug die langen Haare zum Pferdeschwanz gebunden.

»Na, und danach habe ich sie nicht mehr gesehen. Das ist alles.«

»Danach?«

»Nach der Schicht meine ich. Ich gehe gegen halb zwei Uhr hoch in meine Wohnung. Maggi ist mit hochgegangen. Wir haben zusammen dort gegessen. Carmen hat den Rest allein gemacht. Die letzten Gäste abkassieren und so weiter. Nach halb zwei Uhr kommen ja nicht mehr viele Leute, höchstens ein paar Nachzügler. Sie hat die Gläser gespült, die Kellnergeldtasche nach oben gebracht und ... und ist gegangen. Ich weiß nicht, wohin.«

»Sie haben sie also zuletzt gesehen, als sie die Geldtasche nach oben brachte?«

»Da hatte ich mich schon hingelegt. Ich sah sie zuletzt, bevor ich nach oben ging.«

»Und Sie?« wandte sich Ahrendskiel an Margarete Leander.

»Ich war auch schon auf meinem Zimmer, als sie hochkam. Ich wohne hier über dem Restaurant.«

»Wer hat das Restaurant abgeschlossen? Hatte Carmen einen Schlüssel?«

»Nein. Der Schlüssel steckt von innen in der Tür, wenn das Restaurant geschlossen ist. Carmen muss das Haus durch die Küche verlassen haben. Die Küchentür bleibt tagsüber offen.«

»Sie konnte also gehen, ohne dass jemand sie sah?«

»Natürlich.«

»Wie ist Ihr Verhältnis zueinander? Arbeiten Sie gut zusammen?

»Ich sagte doch, wir arbeiten seit drei Jahren zusammen, meinen Sie nicht, dass man da miteinander auskommen muss? Carmen ist eine gute Kellnerin, Punkt. Darüber hinaus hatte ich nichts mit ihr zu tun. Muss ich doch auch nicht, oder?«

»Und im Winter? Wenn das Restaurant geschlossen ist, haben Sie da keinen Kontakt miteinander?«

»Nein. Sie ist anders als ich, verstehen Sie? Sie hat drei Kinder, sie ist verheiratet mit einem Typen, der sie verprügelt. Und sie bleibt trotzdem bei ihm. Das würde ich mir nie gefallen lassen. Und dann hat sie immer so getan, als wäre in ihrer Familie alles in Ordnung. Dabei ist Sönke Ley eine Zumutung.«

»Carmen hat auch ihre Macken«, warf die hektische Edith ein. »Ich kenne Sönke, ihren Mann, von Kindheit an. Der ist nicht schlecht. Der ist nur verwahrlost.«

Kreske sah Edith skeptisch an.

»Ein Säufer ist er. Na ja, aber gekümmert hat Carmen sich nicht viel um ihn, das stimmt schon.«

»Und wenn sie Geld hatte, dann ist sie immer los aufs Festland, Klamotten kaufen und so. Stimmt doch!« rief Edi. »Wissen schließlich alle hier, warum sollen wir nicht die Wahrheit sagen. Meiner Meinung nach ist die einfach abgehauen. Eine Schande ist das, drei Kinder einfach so zurückzulassen. Die arme Fanny, die tut mir wirklich leid.«

»Frau Leander, wie schätzen Sie Ihre Kollegin ein?«

Margarete Leander lehnte gelassen in ihrem Stuhl, als ginge sie das alles nichts an. Sie dachte einen Augenblick lang nach, strich sich über ihre blütenweiße Bluse und sprach dann ruhig und bedächtig, mit starkem süddeutschem Akzent.

»Ich habe gern mit Carmen zusammengearbeitet. Sie war eine gute Kollegin. Und sie war zuverlässig und pünktlich. Und was die Kinder betrifft, ich habe auch zwei Kinder, die jetzt von meiner Mutter versorgt werden, wenn ich hier arbeite. Da hat man schnell den Ruf weg, eine Rabenmutter zu sein. Aber ich muss doch auch Geld verdienen. Was mein Exmann dazuzahlt, ist nicht die Welt. Und Kinder kosten viel Geld. So hat die Carmen es auch gemacht.«

»Können Sie sich vorstellen, dass sie ihre Familie so einfach verlassen hat?«

Margarete dachte wieder einen Augenblick lang nach und schüttelte dann den Kopf.

»Nein, das glaube ich nicht. Zumindest wird sie sich dann bald melden und vielleicht die Kinder nachkommen lassen. Vielleicht will sie sich von ihrem Mann trennen. Sie haben sich wohl nicht so gut verstanden.«

»Herr Brabant, was halten Sie von Ihrer Kollegin? Kennen Sie Carmen Ley gut?«

Der Koch schüttelte sofort heftig den Kopf.

»Sie haben drei Jahre lang zusammen gearbeitet«, stellte Marie Maas fest.

Die Miene des jungen Mannes versteinerte. Er sah streng vor sich hin.

»Ich mache meine Arbeit. Was draußen im Restaurant vor sich geht, kümmert mich nicht.«

»Das verstehen Sie nicht«, warf Kreske Lieuwering ein. »Wenn hier richtig viel los ist, dann macht jeder seine Arbeit und hat zu nichts anderem Zeit. Dann haben wir hier zweihundert Essen am Tag. Glauben Sie mir, da wissen wir hinterher manchmal nicht mehr, wie wir das geschafft haben. Man kümmert sich nicht mehr um die Uhrzeit oder das Wetter oder wie die Kollegen drauf sind. Alle müssen funktionieren wie geschmiert. Der Rest ist egal. Um Mitternacht ist der Tag zu Ende, und um sechs Uhr morgens fängt der nächste Tag an. So geht das die ganze Saison hindurch. Tag für Tag. Da hat man keine Zeit, sich zwischendurch wer weiß was zu erzählen.«

Der Koch nickte.»Genauso ist es«, sagte er.

»Es kann sich also niemand so recht vorstellen, dass Carmen Ley wirklich etwas zugestoßen ist«, fasste Marie Maas zusammen. »Sie war über Jahre hinweg zuverlässig und korrekt, was die Arbeit betrifft. Dass sie nun plötzlich verschwunden ist, können Sie sich nur in dem Zusammenhang vorstellen, dass sie gerne Geld ausgab und sich ein Vergnügen leistete.«

»Ich könnte mir vorstellen, dass sie vielleicht jemanden kennengelernt hat und mit ihm weggehen will«, sagte Kreske zögernd. »Ich habe sie auch mal mit jemandem gesehen.«

»Wo? Wann?«

»In Husum«, sagte Kreske. »Ich hatte es ganz vergessen, aber jetzt fällt es mir wieder ein. Es war im Winter. Ich habe im Winter geschlossen, und Carmen arbeitet dann auch nicht, kümmert sich um ihre Familie. Ich war mit meinem Freund am Husumer Hafen. Wir hatten eingekauft und holten uns Fischbrötchen am Pier. Und einen Wagen weiter stand Carmen mit einem Typen. Sie kauften Fisch und stiegen dann zusammen ins Auto. Sie hat uns gar nicht gesehen. Ich wollte sie später immer mal fragen, wer der Typ gewesen ist, aber ich habe es vergessen.«

»Wann war das?«

»So vor zwei oder drei Monaten. Nach Weihnachten muss es gewesen sein. Im Januar vielleicht. Er fuhr einen dicken Schlitten.«

»Erinnern Sie sich noch an den Wagen?«

»Ein Mercedes vielleicht. Dunkel. Eine dunkle Limousine. Das war niemand aus ihrer Familie, habe ich mir nur gedacht.«

»Sind Sie sich ganz sicher?«

»Na klar. Sie können ja auch Uwe fragen. Meinen Freund.« »Haben Sie den Wagen später hier noch einmal gesehen?« Kreske schüttelte den Kopf. Margarete Leander blickte völlig unbeteiligt auf den Tisch mit den leeren Kaffeetassen. Marie Maas fröstelte. Sie zog ihre Jacke enger um die Schultern und sah auf ihre beiden Kollegen. Ahrendskiel hatte den Mund ein wenig geöffnet. Er schien kurz vor dem Einschlafen zu sein. Der andere Beamte schwieg und starrte versunken auf Ediths Oberkörper. Sie saß ihm direkt gegenüber.

»So ein Wagen steht manchmal vor dem Haus von diesem verrückten Maler in Oldsum«, sagte der Koch leise. »Nachts habe ich ihn da mal stehen sehen.«

»Bei dem Pleß?« fragte Kreske erstaunt.

»Bei Magnus?« echote Edi.

»Ich weiß natürlich nicht, ob es derselbe ist«, nahm Thomas Brabant seine Aussage sofort wieder zurück. »Ist mir nur aufgefallen. Ich fahre oft abends oder morgens früh dort vorbei zum Deich, um Vögel zu beobachten.«

»Wie früh oder wie spät?«

»Morgens, wenn die Sonne aufgeht. Oder abends nach der Arbeit. So halb elf, elf Uhr bis Mitternacht. Im Sommer manchmal noch später. Manchmal übernachte ich sogar am Deich.« Er sprach widerwillig, lächelte aber dabei. Entweder war er wirklich sehr schüchtern oder ausgesprochen muffelig. Genau das dachten ihre Kollegen auch über sie, sagte sich Marie Maas und wunderte sich über den Eindruck, den dieses Verhalten auf andere machte.

Sie stand auf und schob an ihrem Stuhl herum. Die ganze Runde erwachte zum Leben. Hinter ihr saß Pia Struwe auf der Küchentreppe und hatte die Stockente im Arm.

»Habe ich Sie wirklich nicht in Hamburg gesehen?« fragte die Kommissarin.

»Kann schon sein«, erwiderte Pia schroff. »Ich war dort neulich beim Tierarzt. Mit Donald.«

»Unsere Pia ist nämlich eine militante Tierschützerin«, erklärte Kreske lachend. »Die Ente hat sie aus Hamburg mitgebracht. Als ob wir hier nicht genug davon hätten.«

»Waren Sie bei einem Tierarzt in der Clemens-Schultz-Straße?« fragte Marie Maas und erinnerte sich dunkel, ein Arztschild am Haus über der Druckerei gesehen zu haben.

»Ja«, sagte Pia. »Genau. Er hat ihr eine Sicherheitsnadel aus dem Schnabel operieren müssen. So gemein sind die Leute.«

»Wirklich eine Schweinerei!« rief Edi. »Ist das nicht

grausam, Tiere so zu quälen?«

»Sie locken sie in ihre Garagen, und dort quälen sie die Tiere«, sagte Pia aufgebracht. »Sie binden ihnen die Schnäbel zu oder hängen ihnen Gewichte an die Füße, damit sie nicht mehr schwimmen können.«

»Und was machen Sie mit dem Tier, wenn es wieder gesund ist?«

»Dann lasse ich sie wieder frei«, sagte Pia. »Aber nicht hier auf der Insel.«

Sie stand plötzlich auf und verschwand im Haus.

Kreske seufzte. »Ich bin es so leid mit diesen Leuten.« Sie sah Marie Maas verständnisheischend an. »In jeder Saison kommen andere Verrückte hierher. Was meinen Sie, was ich hier schon für Leute im Service hatte. Der eine bringt seine halbe Familie mit, seine kranke Tante oder seinen halbwüchsigen Sohn. Der nächste fängt mitten in der Schicht eine Schlägerei mit seiner Freundin an – alles in meiner Wohnung, in meinem Restaurant. Die nächste schleppt ihre kranken Viecher an, eine haut mitten bei der Arbeit ab – ein Jahr mache ich das noch mit, dann höre ich auf. Dann gehe ich ganz weit weg, glauben Sie mir. Und nie wieder möchte ich Personal haben.«

»Kann ich mir schon vorstellen«, meinte die Kommissarin. »Aber Sie verdienen hier wahrscheinlich ganz gut, oder?«

»Im Traum.« Kreske lachte kichernd. »Im Traum werden wir hier alle Millionäre.«

»Aber auch nur im Traum«, sagte Edi und sammelte flink die schmutzigen Tassen ein.

18

Oh, du hast Eis geholt!«

Marie Maas ließ sich auf ihre Seite des Ehebettes fallen und griff nach einem in Zeitungspapier eingewickelten dicken Paket zu Tomkins Füßen.

Er saß an einen Kissen- und Deckenberg gelehnt aufrecht im Bett, die Brille auf der Nase, und las. Dabei lutschte er ein weißes »Magnum«, schmatzte und kaute an dem dicken Schokoladenüberzug.

»Ich war in der Kirche und habe mit dem Pfarrer gesprochen. Den musst du unbedingt kennenlernen …«

»Ich muss erst mal deinen Maler kennenlernen, diesen Magnus Pleß«, antwortete Marie Maas.

»Ich war ja gerade dabei, ihn für dich aufzustöbern. Er restauriert nämlich die Fresken in der St.-Laurenti-i-Kirche in Süderende.«

»Aha.« Die Kommissarin begann, ebenfalls an ihrem Eis herumzuschmatzen. »Wunderbar. Wie bist du auf diese Idee gekommen?«

»Mit der Kirche? Oder mit dem Eis? Du bringst mich ganz durcheinander, Marie. Lass mich doch einmal der Reihe nach etwas berichten, ohne mich zu unterbrechen oder vom Thema abzulenken.«

»Okay. Ich meinte übrigens das Eis.«

»Du kannst nie bei einem Thema bleiben.«

»Im Augenblick bist du derjenige, der vom Thema abschweift.«

Tomkin schwieg verwirrt und beschäftigte sich damit, das herabtropfende Eis von seiner Hand abzulecken und zu verhindern, dass eine große Schokoladenseite wegbrach. Nachdem das Schlimmste verhütet war, begann er noch einmal von vorne.

»Ich war in der Kirche, um zu sehen, ob Magnus auf seinem Gerüst hockt. Aber da war er nicht. Stattdessen traf ich den Pfarrer, einen sehr interessanten, aufgeschlossenen jungen Mann, der sich gut auskennt in Kunst und Kultur. Stell dir vor, er hatte von meinem Buch gelesen.«

»Er hat dein Buch gelesen?«

»Er hat übermein Buch gelesen. Hör doch richtig zu! Seine Frau ist Anglistin, sie macht Übersetzungen aus dem Englischen und Amerikanischen ins Deutsche. Literarische Übersetzungen. Darum bezieht sie ein paar englische Zeitungen, unter anderem auch eine kleine Underground-Zeitung, den *Black Mirror*. Er wird in Birmingham von ein paar Freaks herausgegeben. Na, und dort steht eine Besprechung meines Buches drin, stell dir das bitte mal vor!« Marie Maas ließ große Stücke weiße Schokolade auf der Zunge zergehen und betrachtete dabei verträumt die weiße Schleiflackschrankwand. Warum um Himmels willen hatte Tomkin gesagt, sie müsse dringend einmal den Pfarrer kennenlernen? *Er* hatte ihn dringend kennenlernen müssen, es war wichtig für *ihn* gewesen, nicht für sie. Sicher, sie freute sich für ihn und war froh, dass seine Eitelkeit nun endlich einmal befriedigt worden war, und sei es nur durch einen winzig kleinen Artikel in einer winzig kleinen, britischen Underground-Literaturzeitung. Bravo. Und gut für ihn, endlich eine Reaktion auf seine viele Mühe bekommen zu haben. Aber darüber hinaus war dieser Pfarrer doch für sie völlig unwichtig. Tomkin hatte das einfach verdreht. Er hatte einfach statt »ich« »du« gesagt. Und sie mochte keine Beziehungen, die so ausarteten. Sie hatte einen Horror davor, verwechselt zu werden. Wie war es so weit gekommen?

»Willst du es gar nicht lesen?« fragte Tomkin nach einer Weile leise.

»Hast du die Zeitung hier?«

Tomkin reichte ihr eine Fotokopie.

»Er hat sie mir gleich im Gemeindebüro kopiert. Du kannst den Artikel aber auch später lesen.«

»Das muss ich auch«, sagte Marie und erhob sich von ihrem Bett. Sie ging ans Waschbecken und wusch sich die Hände. Ihr Gesicht im Spiegel sah müde aus und schlecht gelaunt. Urlaubsreif.

»Ich muss wirklich diesen Maler sprechen, Tomkin.«

»Warum?«

»Carmen Ley ist in Husum mit einem Mann im dunklen Mercedes gesehen worden. Dieser Wagen wurde auch vor Magnus Pleß' Haus gesehen. Mehrfach.«

»Wer sagt das?«

»Der Koch aus dem ›Pferdestall‹.«

Tomkin starrte einen Augenblick lang vor sich hin. Er hielt sein abgelutschtes Eishölzchen aufrecht in die Höhe.

»Ich habe Fanny Ley im Supermarkt getroffen«, sagte er. »Sie möchte dringend einmal mit dir sprechen.«

»Kommst du mit?«

»Wenn du es willst?«

Sie gingen Hand in Hand über das Feld, das Süderende von Oldsum trennte. Linker Hand lag die alte Mühle, das Wahrzeichen des Dorfes, das sich ohne Kirchturm flach in die Marschen duckte.

Sie klingelten erst bei Magnus Pleß, und als niemand öffnete, überquerten sie die Dorfstraße und klingelten im Hause Ley. Die Tür wurde fast umgehend geöffnet. Ein kleines Mädchen stand in der Tür, dahinter reihten sich noch ein paar Kinder auf, wie die Orgelpfeifen. Marie Maas konnte gar nicht so schnell durchzählen, es mussten aber mehr Kinder sein, als nur auf das Konto der Leys gingen. Nach einem Augenblick Stille brach ein höllisches Kindergeschrei los, und die Wichte verteilten sich im ganzen Haus.

Fanny Ley trat aus der Küche und nestelte an ihrer Schürze, als sie sah, wer zu Besuch kam.

»Ich setze gleich Kaffee auf. Oder mögen Sie lieber Tee?« Sie wurden ins Wohnzimmer geschoben, das Sofa wurde von Spielzeug, Hemden und Socken freigeschaufelt, zwei Kinder ziemlich rabiat aus dem Raum gescheucht. Fanny schloß die Wohnzimmertür hinter den Gästen und versprach, gleich zurückzukommen. Es roch stark nach Bonbons. Überall klebten welche, obwohl Fanny sicher ohne Unterlass dabei war, Ordnung zu schaffen.

Schließlich kam sie mit einem vollen Kaffeetablett zurück, verteilte das Geschirr auf dem Couchtisch und ließ sich in einen ausgeleierten Polstersessel fallen.

»Die letzten Tage haben mich fast um den Verstand

gebracht«, sagte sie und goß Kaffee ein. »Wie es auch immer weitergehen wird, schlimmer kann es nicht werden.«

»Sie hatten mich sprechen wollen, Frau Ley. Ich bin froh, dass Sie auf mich zugekommen sind, ich hätte mich sonst an Sie gewandt.«

Fanny sah die Kommissarin an.

»Soweit ich weiß, haben Sie schon mit allen Leuten gesprochen, die meine Schwägerin kennen. Dann wissen Sie ja schon das Wichtigste.«

»Ich weiß, dass es um ihre Ehe nicht zum Besten bestellt ist und dass Sie Ihrer Schwägerin helfen, wo es nur immer geht. Meinem eigenen Eindruck nach ist ihr Mann beziehungsweise Ihr Bruder ein Trinker. Ferner habe ich gerade erfahren, dass Ihre Schwägerin eventuell eine Beziehung zu einem anderen Mann unterhält.«

Fanny sah auf den Teppich. Ihre Hände waren gerötet von zu viel Wasser und zu scharfen Waschmitteln. Ihre Haare standen strohig vom Kopf ab, jedenfalls alle die, die sie nicht in dem dicken Zopf hatte bändigen können. Ihr Gesicht, vorher lebendig und von Wind und Wetter gezeichnet, war plötzlich grau und faltig geworden.

»Ich kann es ihr nicht verdenken«, sagte sie leise. »Auch wenn ich nicht weiß, wie es weitergehen soll mit uns allen. Mit unserer Familie.«

»Hat Ihre Schwägerin Ihnen von ihrem Verhältnis erzählt?«

Fanny nickte matt.

»Wann war das?«

»Vor ein paar Tagen. Sie kam abends nach der Arbeit vorbei. Seit dem letzten Wochenende vor Ostern ist der ›Pferdestall‹ wieder geöffnet, und sie hatte angefangen, dort zu arbeiten. Ihre jüngste, die Gerdine, schlief hier bei meiner Tochter. Die beiden Großen waren drüben. Sönke sollte zu Hause sein und auf sie aufpassen. Carmen ging um kurz vor sechs Uhr aus dem Haus, hatte das Abendbrot vorbereitet und die Schularbeiten von den Jungs kontrolliert. Sönke musste also wirklich nichts weiter tun, als die beiden ins Bett zu schicken.«

»Was geschah dann?«

»Sönke kam nicht nach Hause. Die Jungs riefen mehrmals bei Carmen im Restaurant an. Das geht natürlich nicht. Wenn sie arbeitet, kann sie nicht zwischendurch telefonieren. Sie kennen das Restaurant?«

Marie Maas und Tomkin nickten.

»Dann wissen Sie ja, wie es dort zugeht in der Saison. Um zehn, halb elf ist Feierabend, und Carmen kann nach Hause gehen. Aber von sechs bis zehn Uhr geht gar nichts. Da muss eben Sönke sich um die Kinder kümmern.«

Fanny schwieg einen Moment lang.

»Sie müssen Ihre Schwägerin nicht verteidigen«, sagte Marie Maas.

»O doch. Das muss ich. Überall wird sie angegriffen. Ja, sie hatte sich einen Liebhaber genommen. Ist das denn so schlimm? Sie ist in den besten Jahren. Sie ist seit zwölf Jahren mit diesem Tropf verheiratet, der mein Bruder ist. Er war schon immer labil, genau wie unser Vater. Der saß auch immer im Wirtshaus.

Wenn Carmen nicht zur Arbeit ginge, würde er seine Familie verhungern lassen. Er versäuft das ganze Geld. Glauben Sie mir das?«

Marie Maas wartete ab, was weiter kam. Sie nickte schließlich.

»Nun, hier sind Sie mit dieser Haltung eine Ausnahme. Niemand hat Verständnis für Carmen. Sie hat gefälligst zu Hause zu bleiben bei ihren Kindern und auf ihren Mann aufzupassen.«

»Sie hat sich anders entschieden.«

»Ja«, sagte Fanny, etwas überrascht über diese einfache, wertfreie Feststellung. »Sie hat sich anders entschieden. Sie lernte Ludwig kennen und ...«

Marie Maas sprang auf.

»Haben Sie gesagt: Ludwig?«

»Ja. So hat sie ihn genannt.«

»Hat sie Ihnen seinen vollen Namen genannt? Ludwig Baron von Pfeffern?«

»Was? Der ist sogar adelig? Nein, das habe ich nicht gewusst.«

»Sie hat den Namen nicht erwähnt?«

»Aber nein, das wüsste ich doch.«

»Fährt dieser Ludwig einen grünen Mercedes?«

»Das weiß ich nicht. Er hat einen großen Wagen, das hat sie gesagt. Aber nicht, was für einen.«

»Sie haben ihn nie gesehen?«

»Ludwig? Nein ...«

»Den Wagen!«

»Nein. Auch nicht. Ich wusste gar nicht, dass er auf der Insel war. Sie sagte, sie treffen sich immer auf dem Festland.«

»Das stimmt nicht. Sein Wagen wurde vor dem Haus von Magnus Pleß gesehen. Sie arbeiten für Magnus, nicht wahr?«

»Ja. Ich mache ihm den Haushalt.«

»Hat er nicht manchmal einen Gast gehabt, auch über Nacht?«

»Nein. Ganz bestimmt nicht. Das wüsste ich, ich komme doch jeden Morgen ganz früh und mache ihm das Frühstück.«

»Sie kennen sein ganzes Haus?«

»Natürlich.«

»Seit wann arbeiten Sie dort?«

»Seit Jahren. Seit, warten Sie, seit fünf oder sechs Jahren schon. Ich wasche auch seine Wäsche, ich wüsste es, wenn er über Nacht Besuch gehabt hätte. Er weiß ja nicht einmal, wo die Bettwäsche liegt. Nur sein Atelier ...«

»Was ist mit seinem Atelier?«

»Das darf ich nicht betreten«, sagte Fanny leise.

»Und? Haben Sie es betreten?«

»Ja. Gestern.«

»Warum?«

»Weil ... ich weiß es nicht. Magnus ist so seltsam, seit Carmen verschwunden ist. Er ... ist so unruhig. Er verlässt am Vormittag das Haus und kommt erst mittags zurück. Er hat alle seine Bilder weggeräumt im Atelier. Es ist ganz leer dort. Sonst stand immer alles voller Ölgemälde. Und er hat den ganzen Morgen dort gearbeitet.«

»Ich muss ihn sprechen.«

»Ich glaube, das geht nicht«, sagte Fanny zögernd.

»Er wollte verreisen. Er hat heute Mittag seine Sachen gepackt.«

Marie Maas sprang auf.

»Und das sagen Sie erst jetzt?«

»Ich wusste ja nicht ... was ist denn nun mit diesem Ludwig, woher wissen Sie seinen Namen? Nun sagen Sie mir doch bitte, was los ist!«

Marie Maas knöpfte hastig ihren Mantel zu. »Wir haben ihn am Ostersamstag in Hamburg verhaftet. Allein.«

»Um Gottes willen.«

»Er ist ein bekannter Betrüger und gehört zu einer internationalen Fälscherbande. Sie haben sich auf den Nachdruck von Banknoten spezialisiert. Vor allem holländische Banknoten. Die Druckvorlagen sind bei ihm gefunden worden. Ludwig Baron von Pfeffern wird eine Weile hinter Gittern bleiben. Aber seine Hintermänner haben wir natürlich noch nicht erwischt. Offenbar sind wir ihnen hier aber auf der Spur. In Gestalt von Magnus Pleß zum Beispiel. Kommst du mit? Oder willst du hier auf mich warten?« wandte Marie Maas sich an Tomkin.

»Ich komme mit.«

»Ich auch«, rief Fanny und griff nach ihrem Mantel. »Obwohl es wenig Zweck hat. Magnus wollte die Fähre um sechzehn Uhr fünfundvierzig nehmen. Jetzt ist es schon Viertel nach fünf.«

»Wie lange braucht die Fähre bis zum Festland?«

»Fünfundvierzig Minuten.«

»Wo ist das Telefon?«

19

Bei Magnus Pleß öffnete niemand die Tür. Nachdem sie zweimal geklingelt hatten, bat die Kommissarin Fanny Ley, die Haustür aufzuschließen. Vorsichtig tappten die drei ins Haus.

»Ausgeflogen«, sagte Marie Maas, nachdem sie das Erdgeschoß inspiziert hatte. Küche, Wohnzimmer und Bad lagen still und verlassen im Dämmerlicht. Sie schaltete alle Lampen an. Das Wohnzimmer war geschmackvoll eingerichtet. Schwere, antike Polstermöbel, abgenutzt, aber gepflegt, waren im ganzen Zimmer verteilt. An den Wänden hingen Stiche und Zeichnungen. Reproduktionen berühmter Maler, aber auch Originale des Meisters selbst, Skizzen, ein Aquarell. Sie zeigten Landschaftsmotive. Jedes Blatt war sorgfältig mit einem Passepartout versehen und geschmackvoll gerahmt. Die Lampen waren so angebracht, dass auf jedes Bild Licht fiel, zur Freude des Betrachters. Tomkin hatte seine Lesebrille herausgeholt und studierte die Bilder sorgfältig.

»Hier ist noch eine kleine Kammer«, sagte Fanny und führte die Kommissarin zu einem winzigen Abteil unter der Treppe. »Hier bewahrt er seine Koffer auf. Es fehlt der große karierte Koffer und die dazu passende Reisetasche.«

»Gibt es auch einen Keller?« fragte die Kommissarin.

»Nein. Die meisten Häuser hier sind nicht unterkellert, sondern auf kleinen Anhöhen, den Warften, errichtet worden. Der Grundwasserspiegel ist viel zu hoch, um zu unterkellern. Der Seedeich ist ja keine tausend Meter weit entfernt.«

»Ja, natürlich. Dann zeigen Sie mir jetzt das Atelier.«

Fanny zögerte einen Augenblick.

»Dürfen wir eigentlich ...«

»Nein«, sagte Marie Maas. »Natürlich darf ich nicht hier eindringen ohne Hausdurchsuchungsbefehl. Aber ich bin ja nicht im Dienst. Ich habe Urlaub.«

Fanny ging voran und zeigte den beiden, an welchen Stellen sie den Kopf einziehen mussten, um nicht mit den Dachbalken in Konflikt zu geraten. Die Häuser hier waren ursprünglich so flach wie möglich gebaut worden, um sich unter den ewigen Westwind zu ducken. Dann aber, mit wachsendem Hochwasserschutz in Form von Deichen und dank stabileren Baumaterialien entstanden die typischen Friesenhäuser mit dem spitzen Mittelgiebel über dem Eingang. Ein Zimmer dort oben erlaubte luxuriöseres Wohnen und vor allem den freien Blick über die Straße, vielleicht sogar über das Dach des Nachbarhauses hinweg. Man schlief nicht mehr neben dem Vieh.

»Hier ist der Boden. Da steht nur Gerümpel.«

»Was liegt dort unter den Tüchern?«

»Bilder von Magnus. Alte Bilder. Sie stehen schon lange da.«

Marie Maas schlängelte sich durch die Kisten und Kästen und hob ein paar staubige Laken hoch. Dicke Ölschinken lehnten dort einer neben dem anderen. Dunkle, fast schwarze Oberflächen. Sie ließ die Laken wieder herunter. Sie mussten tatsächlich schon lange so liegen, so gleichmäßig dick war die Staubschicht. Aber ihr fiel plötzlich der Nolde ein, der beim Baron gefunden worden war. Eine Fälschung, hatte Kriminalrat Johnson gesagt. Und Magnus Pleß der Fälscher? Schon möglich. Aber das mussten Experten beurteilen. Ob Pleß auch die Vorlagen für die Druckplatten hergestellt hatte?

»Gibt es hier eigentlich auch eine Dunkelkammer?« fragte sie.

Fanny schüttelte den Kopf.

»Um Fotos zu entwickeln? Nein.«

»Hat Pleß nie fotografiert?«

»Nicht dass ich wüsste. Er ist befreundet mit Ocke Enken in Wyk. Der hat hier mal Fotos gemacht für einen Katalog. Von Magnus' Bildern und auch von seinem Atelier und so weiter. Für eine Werbebroschüre. Es sollte auch ein Buch gemacht werden über Magnus. Er ist ein berühmter Maler, wissen Sie.«

»Wo wohnt dieser Ocke Enken?«

»In Wyk. Er hat ein Fotogeschäft am Sandwall. Sie kennen es bestimmt. Gleich neben der italienischen Eisdiele. Meinen Sie, er hat auch was mit der Bande zu tun?« fragte Fanny ängstlich.

Marie Maas ging hinüber ins Atelier. Sie schob Fanny vor sich her und legte ihr freundschaftlich den Arm um die Schultern. Die waren knochig und hager und zitterten ein wenig.

»Wir werden alles tun, um Ihre Schwägerin zu finden, Frau Ley. Wir müssen nur erst einmal richtig begreifen, was geschehen ist.«

»Meinen Sie denn, Magnus hat damit zu tun?«

»Fest steht, dass er den Betrüger Ludwig Baron von Pfeffern kannte. Möglich ist, dass er auch an dessen

Aktivitäten beteiligt war. Als Fälscher. Was ist das da, Tomkin?«

An der Rückwand des Zimmers waren Türen in die Wand eingelassen.

»Ein Wandschrank?«

Tomkin öffnete vorsichtig die beiden Türflügel und steckte den Kopf in die Öffnung. Er zog ihn schnell wieder heraus.

»Das ist ein Ofen«, sagte er und rümpfte die Nase. »Ein Räucherofen.«

Marie Maas sah Fanny an.

»Hat Magnus Pleß geräuchert? Fische vielleicht? Oder Schinken oder ...«

Fanny schüttelte energisch den Kopf.

»Unsinn. Niemals. Er hat sich um so etwas überhaupt nicht gekümmert.«

Tomkin starrte weiter in die dunkle Öffnung, inspizierte die Halterungen, die dort angebracht waren.

»Es könnte ... ein Ofen sein, um ... Leinwände zu altern. Vielleicht. Aber ich habe nur davon gelesen. Ich weiß nicht, wie so etwas aussieht. Vielleicht so?«

»Was für Bilder hat Pleß hier gemalt, Frau Ley? Können Sie sie beschreiben? Waren es Ölbilder oder Aquarelle, wie das, das unten in seinem Wohnzimmer hängt?«

»Nein, es waren Ölbilder. Das riecht man doch noch. Und hier, das sind die Farben, hier an der Staffelei sehen Sie es auch. Es waren große Ölbilder. Mehr weiß ich nicht. Ich kenne mich mit so etwas nicht aus.«

»Waren sie abstrakt? Oder sahen sie aus wie die

alten Meister?«

»Ich weiß es nicht mehr. Manche waren abstrakt, manche nicht. Ich durfte hier nicht hinein. Wenn ich es doch das eine Mal getan habe, so war ich viel zu aufgeregt, um richtig hinzusehen. Und dann habe ich schließlich Carmen gesucht und nicht alte Bilder ansehen wollen, verstehen Sie?«

Sie verließen alle drei das Atelier und gingen die Treppe wieder hinunter.

»Sollten wir nicht lieber zum Hafen fahren und sehen, wo er steckt?« schlug Tomkin vor.

»Er ist nicht auf der Sechzehn-Uhr-fünfundvierzig-Fähre gewesen«, sagte Marie Maas. »Es sei denn, die Fährleute haben ihn übersehen. Aber dann wird ihn die Polizei in Dagebüll in Empfang nehmen.«

»Oder er ist noch auf der Insel.«

»Ja.«

»Aber irgendwann muss er ja die Insel verlassen.«

»Oder hier wieder auftauchen«, murmelte Marie Maas. Sie betastete verwundert ein paar Brottüten, die alle mit vertrockneten, belegten Broten gefüllt waren. »Was soll das hier?« fragte sie Fanny.

»Verstehe ich auch nicht. Vielleicht hat Magnus sie sich am Abend geschmiert und dann doch nicht gegessen.«

»Ist das seine Art?«

»Überhaupt nicht. Er isst immer peinlich genau alle Reste auf. Ich sagte doch, er ist so seltsam geworden in der letzten Zeit.«

»Ist es möglich, dass Carmen hier irgendwo versteckt ist?« Fanny Ley sah die Kommissarin an.

»Das ist unmöglich! Wo sollte sie sein? Auf der ganzen Insel weiß jeder, dass sie verschwunden ist. Es gibt keinen einzigen Flecken, wo sie stecken könnte!«

20

Komm, nimm noch einen, Magnus. Du hast ja den Flattermann.« Ocke Enken hielt die Flasche hoch, um damit an das Glas des Malers zu gelangen. »Ich kann Betty nicht so lange allein lassen, ich muss gleich wieder in den Laden.«

Der Maler lehnte schwer atmend auf dem Schreibtischsessel im Gartenhaus des Fotografen. Hier hinter seinem Geschäft am Sandwall hatte er sich sein Fotolabor eingerichtet. Mit drei Schritten war er über den Hof im Laden. Die Ladenglocke war durchgelegt worden bis hierher und bimmelte laut, wenn jemand den Laden betrat. Hier machte er alle Laborarbeiten, die für das Geschäft und die für Magnus Pleß. In den Bergen von Negativen, Dias, Fotos und Filmen konnte er am besten verstecken, was niemand finden durfte. Und die große Reprokamera für die Belichtung der Druckplatten stand ganz unschuldig mitten im Chaos, zwischen all den anderen Apparaten. Dafür konnte man auch nirgendwo einen Fuß auf den Boden setzen und bekam kaum Luft genug zum Atmen.

»Kannst du nicht das Fenster ein bisschen aufmachen? Nur eine Minute. Mein Herz ...« Der Maler stöhnte und wand sich auf dem quietschenden Drehstuhl.

Ocke Enken schüttelte den Kopf.

»Das hier ist eine Dunkelkammer, mein Lieber. Hier gibt es kein Fenster. Was soll ich bloß mit dir machen? Soll ich nicht doch lieber einen Arzt holen?«

»Untersteh dich«, flüsterte Magnus Pleß. Vor Schmerzen verzog er das Gesicht.

»Du kannst nicht die Fähre nehmen«, sagte der Fotograf, nachdem beide einen Augenblick geschwiegen hatten. »Du bist bekannt wie ein bunter Hund. Wenn sie dich drauflassen, dann kommst du jedenfalls nie wieder runter von dem Kahn.«

»Wenn ich nur die Bilder bei dir lassen könnte«, flüsterte Magnus Pleß. »Sie sind ein Vermögen wert.«

»Ohne den Baron? Was soll ich damit? Ich kann sie doch nicht verkaufen. Und du auch nicht.«

Er wusste nicht, wie er seinem Kumpel helfen sollte in dieser Situation. Ihm war nicht mehr zu helfen. Aber wenn er ihm das sagte, bekam der womöglich wieder einen seiner cholerischen Ausbrüche und einen Herzanfall dazu. Ocke Enken konnte und wollte die Bilder nicht behalten. Er wollte nicht mit Magnus Pleß untergehen. Er hatte mitgemacht bei diesen Aktivitäten, hin und wieder, na schön. Mal ein paar Negative entwickelt für einen guten Freund. Mal ein paar Gemälde abfotografiert – was hatte er schon für eine Ahnung von Fälschungen? Was ging ihn das an? Er hatte doch nicht versucht, die Dinger zu verkaufen. Und sie sich anzusehen und zu fotografieren, war doch kein Verbrechen. Ebenso verhielt es sich mit den Banknoten. Der Vertrieb war strafbar, abfotografieren durfte man einen Hundertguldenschein allemal. Noch hatte er eine reine Weste. Jedenfalls solange alle dichthielten und ihn nicht belasteten. Aber was geschah, wenn er Magnus jetzt nicht weiterhalf? Wenn die Polizei ihn erwischte? Womöglich packte der Baron aus. Er hatte ihn einmal gesehen, dummerweise. Gegen alle seine Grundsätze. Was sollte er Betty sagen, wenn er als Fälscher und Betrüger vor Gericht kam? Er, der angesehene, alteingesessene Fotograf von Wyk auf Föhr. Er hatte es nicht einmal nötig gehabt. Es war mehr ein Sport für ihn gewesen, ein Kabinettstück. Seit fünfundzwanzig Jahren führte er hier das Fotogeschäft, er hatte es von seinem Vater übernommen. Der hatte sogar einmal den Kaiser fotografiert! Und er, der Enkel, ein Banknotenfälscher! Unmöglich. Er musste Magnus helfen, aber so, dass man niemals auf ihn zurückkommen konnte. Und wenn er zum Äußersten griff. »Weißt du«, flüsterte Magnus. »Da ist noch ein Problem. Ich habe noch eine Dummheit gemacht.«

Ocke Enken hob den Zeigefinger. Wie immer, ehe die Ladenglocke läutete, hörte er ein leises Geräusch schon vorher. Seine Ohren waren scharf geworden über all den verbotenen Dingen, die er hier getan hatte.

»Ich muss in den Laden. Warte hier, Magnus. Wenn es nicht anders geht, bringe ich dich heute Nacht mit der ›Seerose‹ rüber aufs Festland.«

Der Maler hatte die Augen geschlossen und tastete wahllos nach dem Freund. Er erwischte seinen Ärmel.

»Ocke, hör mir zu. Es geht um eine Frau. Ich habe sie …« Die Ladenglocke klingelte lauter als tausend Wecker in dem engen Labor. Magnus Pleß stöhnte und richtete sich auf.

»Was ist das?« rief er.

»Beruhige dich, verdammt. Und schrei nicht so

herum. Ich komme gleich wieder.«

Der Fotograf schlüpfte aus dem Labor und verschloß die Tür sorgfältig hinter sich.

Bis Viertel nach sechs hielten die Kunden ihn auf Trab. Als der letzte endlich gegangen war, verschloß Ocke Enken die Tür hinter ihm und zog die Jalousien herunter.

»Ich habe noch einen Eilauftrag zu erledigen«, sagte er zu seiner Frau, die im Büro über der Buchhaltung saß. »Warte nicht auf mich mit dem Abendessen. Ich muss es auch noch selbst rüberbringen.«

»Ein Auftrag von Magnus?« fragte seine Frau und sah nicht auf. Sie war nicht misstrauisch, sie ahnte nicht das Geringste. Aber sie wusste, dass Magnus ihren Mann gerne zu ungewöhnlichen Zeiten mit Arbeit überhäufte und dann auch noch unter Zeitdruck setzte. Und sie mochte Magnus nicht. Er war ihr zu sehr »Bohemien«, wie sie es nannte. Missbilligend zog sie die Mundwinkel nach unten. »Ich werde dann heute abend allein zu den Wehners gehen«, sagte sie.

Die Verabredung zum Kartenspielen mit den Gästen in ihrer Ferienwohnung am Drosselstieg hatte er ganz vergessen. Damit konnte er den ganzen Abend frei schalten und walten. Er gab Betty einen leidenschaftslosen Kuss auf die Stirn und verschwand in seinem Gartenhaus.

»Ich hole meinen Wagen und fahre runter zum Sportboothafen. Eventuell muss ich tanken, ansonsten müsste das Schiff klar sein. Sowie es ruhiger geworden ist auf den Straßen und am Hafen, bringe ich dich rüber. In einer Stunde bist du in Dagebüll.«

»Und wie komme ich da weg?« fragte Magnus matt. Er hatte nur den einen Wunsch: in seinem eigenen Bett zu liegen. Er war krank. Die Vorstellung, jetzt aufs Festland zu müssen, ohne zu wissen, wohin und was werden sollte, ohne einen Pfennig Geld in der Tasche und dazu auf der Flucht vor der Polizei, war ein regelrechter Alptraum.

»Meine Fresken«, murmelte er. »Wer soll denn die fertigmachen? Und Carmen. Ich muss ihr das Abendbrot bringen. Ocke, ich muss dir von Carmen erzählen. Wir müssen sie freilassen. Aber sie weiß alles über uns. Ocke? Ocke, wo bist du?«

21

Diesmal musste Marie Maas nicht lange warten in der Vernehmungszelle im Keller der Untersuchungshaftanstalt. Kaum hatte sie die schmutzige Zelle betreten und sich unter das hoch unter der Decke eingelassene Fenster gestellt, um wenigstens einen Hauch frische Luft abzubekommen, da hörte sie schon die Schritte eines Beamten. Im Schlepptau hatte er den Baron, frisch geduscht und rasiert, in sauberem Hemd und aufgebügeltem Jackett.

»Nun, Sie haben sich offensichtlich ein wenig eingelebt, Herr von Pfeffern.« Sie streckte ihm die Hand zur Begrüßung hin.

Der Baron schüttelte sie kurz und begrüßte sie höflich mit einer knappen Verbeugung.

»Ich habe eigentlich mit dem Besuch meines Anwalts gerechnet«, sagte er und nahm Platz. Zerstreut wies er auch für sie auf einen freien Stuhl, besann sich dann auf seine Lage und legte die Hände mit einer resignierten Bewegung ineinander. Er hatte ja hier keinerlei Hausrecht. »Aber man wird mich schon finden, man weiß ja, wo ich zu erreichen bin.« Er grinste schief. »Womit kann ich Ihnen helfen?«

»Oh, Herr Baron, mit vielerlei könnten Sie mir helfen. Ich nehme nur an, dass Sie daran kein ernsthaftes Interesse haben!«

Wieder spreizte der Häftling mit einer resignierten Geste die Hände und lächelte. Er schien bester Laune zu sein. Ob es einen Anlass dafür gab?

»Warum nicht, Kommissarin? Warum so voreingenommen? Ich bin immer bereit, Fehler einzugestehen. Und in meiner Lage ist es nicht zu übersehen, dass ich Fehler begangen habe. Wozu also das Theater? Allerdings, und insofern haben Sie recht, hätte ich mich gern erst noch einmal mit meinem Anwalt beraten, was die einzelnen Schritte unseres«, er zögerte, »sagen wir, unseres kleinen Geschäftes angeht. Stört es Sie, wenn ich rauche?«

»Ja«, sagte Marie Maas.

Der Baron zuckte kurz mit den Augenbrauen und lächelte dann wieder verbindlich: Die Verhaftung hatte ihn restlos aus dem Gleichgewicht gebracht. Aber ein paar Tage Ruhe und mehrere Gespräche mit seinem Anwalt hatten ihm offenbar wieder zum gewohnten Selbstbewusstsein verholfen. Die Kommissarin kam zu spät. Sie ärgerte sich und schwieg einen Augenblick länger, als es die Höflichkeit in einem normalen Gespräch erlaubt hätte. Sie versuchte, Distanz herzustellen.

»Ihre ... Angelegenheiten«, sie zögerte und ließ sich das nächste Wort erst einmal im Munde zergehen, »die Betrugsverfahren betreffend, haben meine Kollegen vom Betrugsdezernat übernommen. Ich komme in anderer Sache, Herr von Pfeffern. Wir brauchen Ihre Mithilfe als Zeuge.«

»Ich stehe ganz zu Ihrer Verfügung«, sagte von Pfeffern. Seine Miene bezeugte einwandfreie Höflichkeit. Er sah die Kommissarin so aufmerksam an, als würde er sich um eine Stelle als Privatsekretär bei ihr bewerben.

»Wir suchen eine Frau.«

Von Pfeffern beugte sich vor.

»Wir suchen Carmen Ley.«

Nicht die mindeste Gefühlsregung zeichnete sich in seinem Gesicht ab. Reine, aufmerksame Konzentration.

»Sie kennen Sie?«

»Was ist mit ihr?«

»Sie kennen Sie, ja oder nein?«

Der Baron lehnte sich zurück und schlug die Beine übereinander. Auch die Hosen waren frisch aufgebügelt, die Bügelfalten schärfer, als die Kommissarin es jemals im Leben hingekriegt hatte. Wie er das wohl geschafft hatte? Aber mit Geld kann man im Knast ja alles bekommen. Der Anwalt hatte wahrscheinlich Zugang zu einem Treuhandkonto.

»Der Name ist mir ein Begriff, Frau Maas.«

Der Kerl hatte sich sogar ihren Namen gemerkt, obwohl sie ihn eigentlich nur gemurmelt hatte. Er war wirklich vom Fach.

»Sie geben also zu, dass Sie am letzten Freitag auf Föhr waren?«

»Wie bitte? Ich gebe überhaupt nichts zu, entschuldigen Sie. Wenn ich es recht verstanden habe, geht es um eine Zeugenaussage, nicht wahr? Das sagten Sie doch?«

»Hören Sie auf mit dem Versteckspiel, Baron. Wir haben Ihren Fälscher erwischt, den Maler Magnus Pleß. Der Name sagt Ihnen doch etwas, nicht wahr?«

Der Baron lächelte.

»Wir haben seine Werkstatt ausgehoben. Und heute morgen«, die Kommissarin sah genüsslich auf ihre Armbanduhr, »etwa genau jetzt wird eine Hausdurchsuchung bei dem Fotografen Ocke Enken in Wyk durchgeführt. Auch dieser Name ist Ihnen bekannt, nicht wahr? Bei Ihrem guten Namensgedächtnis! Wenn wir auch nicht Ihre ganze Bande gekriegt haben, so haben wir doch genug Material gefunden, um die, die wir erwischt haben, für eine Weile matt zu setzen. Allen voran Sie, lieber Herr Baron von Pfeffern.«

Das Lächeln des Barons war eingefroren, er verschanzte sich weiter dahinter. Hinter seiner Stirn arbeitete es garantiert fieberhaft.

»Und Ihnen damit vorerst das Handwerk zu legen.«

Eine Weile schwieg die Kommissarin. Es war ganz still, und sie glaubte fast, das Ticken ihrer Armbanduhr zu hören. Hinter dieser Stille stand das Raunen des großen Gefängnisses über ihnen. Mehr als tausend Männer und auch ein paar Frauen waren hier eingesperrt und tigerten durch ihre Zellen. Die Spannung von tausend eingesperrten Menschen, die nur eines wollten, nämlich hier raus, sirrte in der Luft wie eine Hochspannungsleitung.

»Was haben Sie mit ihr gemacht?«

Der Baron fuhr auf.

»Nichts! Was wollen Sie eigentlich von mir?«

»Ich will Frau Ley finden, verstehen Sie? Carmen Ley, Ihre Geliebte.«

Das war ein Versuchsballon.

»Es ist richtig«, sagte der Baron, nachdem er eine Weile geschwiegen hatte. »Es ist wahr, Carmen – Frau Ley – und ich hatten eine Affäre.« Jedes Wort schien sorgfältig gewählt und bedächtig ausgesprochen.

»Hatten?«

»Ja. Hatten. Wir mussten das beenden, ehe ihr Mann – Sie kennen ihn vielleicht? – ihr auf die Schliche kommen konnte. Es war nicht mein Wunsch.«

Der Baron sah die Kommissarin mit weitaufgerissenen Augen an. Man konnte fast glauben, dass er einmal eine Schauspielschule besucht hatte. Jede Geste saß wie einstudiert. Leider aber bewegte sich die Dramaturgie des Stückes am Rande des Klischees.

»Carmen Ley hat also von sich aus das Verhältnis mit Ihnen beendet? Wann war das?«

»Am Freitag. Karfreitag, um genau zu sein.«

»Sie waren auf Föhr. Mit Ihrem grünen Mercedes«, musste die Kommissarin der eigenen Genugtuung halber hinzufügen.

»Das ist richtig. Ich wollte sie abholen. Für ihr Gepäck hatte ich den Wagen mit auf die Insel genommen. Ich hatte sie aufgefordert, sich zu entscheiden: mit mir zu leben und ihre Familie zu verlassen oder sich von mir zu trennen.«

»Und sie hat sich entschlossen, sich von Ihnen zu trennen?«

»So ist es.«

»Und wohin ist sie dann gegangen?«

»Das weiß ich nicht!«

»O nein, Herr von Pfeffern, so leicht kommen Sie mir nicht davon. Alles spricht vielmehr dafür, dass Carmen Ley sich entschlossen hatte, Ihren Mann zu verlassen. Sie hat ihrer Schwägerin von ihrer Beziehung zu Ihnen berichtet, und sie war offenbar auf der

Suche nach einer Lösung, was sie mit ihren Kindern anfangen sollte, um mit Ihnen ...«

»Das ist absolut nicht wahr«, rief von Pfeffern. »Sie war eben nicht bereit, ihre Kinder in der Obhut ihrer Familie zu lassen, wo sie gut aufgehoben waren, sondern glaubte, unersetzlich für sie zu sein. So war es und nicht anders.«

»Haben Sie sich gestritten?«

»Wir haben darum gestritten, ja. Mehrmals. Ich liebe Carmen.«

»Wo war das?«

»Was?«

»Wo fand das Streitgespräch statt?«

»In meinem Auto.«

»In Ihrem Auto?«

»Ich habe sie im ›Pferdestall‹ abgeholt. Sie arbeitete mittags bis vierzehn Uhr dreißig. Wir hatten vereinbart, dass sie mich anruft, wenn Schluss ist. Ich habe ein Autotelefon. Sie rief an, und ich holte sie ab.«

»Was geschah dann?«

»Wir wollten ihre Sachen holen aus ihrem Haus in Oldsum. Aber sie sagte, Sönke wäre dort und wir könnten jetzt nicht hinfahren. Erst am Abend.«

»Weiter.«

»Wir fuhren zur Schleuse. Kennen Sie das Schöpfwerk hinter Oldsum? Dort endet die Straße auf einem kleinen Parkplatz. Es ist ruhig dort, man ist ungestört. Wir gingen spazieren. Wir konnten ja nirgendwo hingehen! So war es immer, wenn ich auf Föhr war. Ich sagte ihr, dass ich am Abend zurück nach Hamburg müsste. Ich konnte nicht länger warten. Und die letzte

Fähre ging um sieben Uhr von Wyk nach Dagebüll. Ich war verärgert, weil ich umsonst mit dem Wagen auf die Insel gekommen war.«

»Was haben Sie getan?«

»Wir vereinbarten, die ganze Sache um ein paar Tage zu verschieben.«

»Wo haben Sie sich getrennt?«

»Ich wollte sie in Oldsum absetzen. An der Ortseinfahrt. Aber sie hatte Angst, dass jemand uns sehen könnte. Immer hatte sie Angst. Dabei wusste sie nicht einmal ...«

»Sie wusste nichts von Ihren dubiosen Geschäften?«

»Nein. Natürlich nicht.«

»Was hätten Sie denn mit ihr anfangen wollen, Baron? Sollte sie mitkommen auf Ihre Geschäftsreisen? Sollte sie Ihnen Händchen halten, wenn wieder eine neue Garnitur falscher Hunderter gedruckt werden würde, nachts, in der Clemens-Schultz-Straße oder woanders? Sollte sie auf den Auktionen neben Ihnen sitzen, wenn Sie die gefälschten Noldes und die Rembrandt-Zeichnungen an ahnungslose Liebhaber versteigern ließen? Sollte sie in den Hotelzimmern sitzen und auf Sie warten, wenn Sie wieder neue Kunden anwarben und ausbildeten für Ihre Geschäfte mit allem, was sich nur irgendwie fälschen und verhökern lässt? Dabei konnten Sie ihre Kinder allerdings nicht brauchen. Es gab überhaupt keine Möglichkeit für eine Frau wie Carmen Ley, aus ihrem Leben auszubrechen mit einem Abenteurer wie Ihnen, Baron. Sie konnte nur davon träumen, in Wirklichkeit würde es für sie nie ein anderes Leben geben. Und Sie wussten das. Sie wissen es noch immer ganz genau. Für Sie war Carmen Ley nur eine kleine Affäre auf Föhr, nett, aber unwichtig wie ein Sonnenstrahl auf einer Bank im Park, auf der man sich einen Augenblick ausruht. Hat Magnus Pleß Sie warten lassen? Hat er nicht so rasch funktioniert, wie Sie es sich wünschten? Hatten Sie Langeweile auf Föhr, auf dieser Familieninsel, auf der es nicht einmal eine anständige Diskothek, kein Hilton oder einen Club Méditerranée für Sie gab zur Befriedigung Ihres exaltierten Geschmacks? Und da lief Ihnen diese kleine, läufige Kellnerin über den Weg, diese hübsche, blühende Frau, die so hungrig war nach dem Leben, nach der großen weiten Welt. Sie empfing Sie wie einen Fürsten, wenn Sie Ihren griesgrämigen Fälscher aufsuchten und wieder einmal warten mussten, weil er und sein Fotograf Ocke Enken noch nicht fertig waren mit ihrer Arbeit. Dann gingen Sie in den ›Pferdestall‹ und trafen die kleine Carmen, die dankbar war für alles, für jeden Blick, den Sie ihr zuwarfen. Das war Ihr Herdfeuer auf Föhr, nicht wahr? Das war der Kick für Sie. Sie haben sie einfach in Ihren Wagen geladen, sind mit ihr aufs Festland gefahren und haben ihr Fischbrötchen und Punsch spendiert. Sie war hundertmal billiger zu haben als jede Schöne in Hamburg oder Paris oder London. Ein Inselfräulein, das verzweifelt versuchte, aus dem Kokon ihrer traurigen Ehe und kräftezehrenden Mutterschaft zu entkommen. Und dabei ganz hübsch anzusehen. Das hat Ihnen Freude gemacht, ja? War es so?«

Der Baron hatte mit zusammengekniffenen Lippen zugehört. Seine Ohren hatten sich dabei gerötet, Marie Maas wusste nicht, ob ihm nur zu warm war oder ob vor Scham oder vor Wut. Wahrscheinlich eine rein biologische Funktion, Bluthochdruck oder so etwas. Aber er sah dadurch viel jünger aus, wie ein Halbstarker, der dabei ertappt worden ist, wie er mit Papas Auto eine Spritztour mit seinem Mädchen gemacht hat. Die Kommissarin fuhr sich missmutig mit der Hand über das Gesicht. Sie war müde. Sie hatte schlecht geschlafen. Sie begann zu bereuen, dass sie sich wieder einmal den Urlaub verdarb. Sie hätte ihn nötig gebraucht. Tomkin fehlte ihr. Plötzlich war es ihr ganz egal, was Baron von Pfeffern und Carmen Ley miteinander angestellt hatten. Wer nun wen versetzt und verlassen hatte. Tatsache war, dass Carmen verschwunden war und der Baron hinter Gittern saß. Und dass sie beide keine Zukunft miteinander hatten, nie gehabt hatten. Es tat ihr plötzlich leid. Für Carmen und sogar für diesen Mann hier, der sicher einer Frau gefallen und guttun konnte, wenn er nur sein Getue ablegen würde.

»Was haben Sie mit ihr gemacht, als Sie unbedingt mit Ihnen mitkommen wollte?« fragte sie leise.

»Fragen Sie Magnus Pleß«, sagte der Baron. »Ich weiß wirklich nicht, wo Carmen ist. Ich schwöre es Ihnen.«

Marie Maas stand auf und drückte gegen die Tür, die innen keinen Griff hatte. Sie war nur angelehnt.

»Da fällt mir noch etwas ein«, sagte sie und drehte sich noch einmal um. »Kennen Sie ein junges Mädchen namens Pia Struwe? Sie ist ziemlich klein, schwarzhaarig. Sie hat immer eine Ente bei sich.«

»Eine Ente?« rief der Baron entsetzt.

»Vielleicht haben Sie sie einmal kennengelernt.«

»Nein.«

Marie Maas drückte die Tür auf.

»Es war ja nur eine Frage. Auf Wiedersehen.«

Der Baron sah ihr nicht nach, als sie auf den Gang trat.

»Na, dann fragen wir ihn eben, wenn wir ihn haben«, sagte Karsten Scholz. »Der Typ muss ja irgendwann wieder auftauchen.«

Karsten Scholz hatte sich in ganzer Länge an Marie Maas' Arbeitsplatz ausgebreitet. Das hieß, er saß auf ihrer Schreibtischunterlage, hatte die Füße auf der Heizung unter dem Fenster abgestützt und langte mit ausgestreckten Armen bis an die hintere Schreibtischkante. Er konnte diese akrobatische Leistung vollbringen, weil sein durchtrainierter, knapp zwei Meter langer Körper es zuließ. Es sah sogar noch ganz bequem aus. Unbequem war nur für die Kommissarin, dass sie nicht an ihren Schreibtisch konnte. Und sie hatte den dringenden Wunsch, sich genau dort niederzulassen und in Ruhe über alles nachzudenken.

»Du bist doch im Urlaub«, hatte der Herr Oberkommissar frech gesagt und war sitzen geblieben.

»Ich verstehe nicht, warum der Baron nicht ausspuckt, wo die Ley ist. Meinst du, er hat sie umgelegt?« fragte die Kommissarin.

»Warum denn der Aufwand? Betrügern wird doch angeblich schlecht, wenn sie Blut sehen. Das einzige, was ich weiß: Ich kann diese Sorte Ganoven nicht leiden.«

»Jedem Bullen sein Delikt«, rezitierte die Kommissarin einen ehemaligen Mitschüler an der Polizeihochschule. Sie konnte Betrüger auch nicht besonders leiden und hatte vor allem Mühe, damit fertig zu werden, dass man sich auf schlichtweg gar nichts verlassen konnte, was die Typen aussagten. Nicht mal das Gegenteil war wahr.

»Ich glaube«, sagte sie, »er weiß wirklich nicht, wo sie ist. Was wenigstens heißt, dass sie noch leben könnte.«

»Und warum glaubst du das?«

»Mein Eindruck.«

»Sag doch gleich, dein Gefühl.«

»Auch richtig.«

Marie Maas setzte sich auf die andere Fensterbank. Heute würde sie Karsten nicht mehr von ihrem Platz vertreiben können. Sie sollte nach Hause gehen. Aber sie hatte keine Lust dazu. Sie war extra von Föhr zurückgekommen, um den Baron zu vernehmen. Höchstpersönlich. Ergebnis gleich Null. Nichts. Sie waren so schlau wie vorher.

»Vielleicht ist Carmen Ley auf eigene Faust abgehauen?« sagte Karsten Scholz.

»Gehen wir mal davon aus, dass einer von beiden die Affäre beenden wollte, der andere hingegen, dass sie zusammen weggehen. Sie fahren mit dem Auto zum Schöpfwerk. Sie streiten sich. Jetzt gibt es verschiedene Möglichkeiten. Erstens: Der Baron ist derjenige, der Schluss machen will, und als Carmen sich weigert, tötet er sie. Die Leiche wird über kurz oder lang aufgefunden werden.«

»Dagegen spricht dein Gefühl«, meinte Karsten Scholz.

»Zweite Möglichkeit: Carmen Ley verlässt wutentbrannt und tief verletzt das Auto. Irrt über die Insel. Will nicht zurück in ihr altes Leben. Flieht allein.«

»Auch nicht schlecht.«

»Das bedeutet«, sagte Marie Maas, »sie fährt mit dem Bus nach Wyk – Zeuge: Busfahrer. Sie geht auf die Fähre – Zeugen: Fährleute. Sie steigt in die Bahn und fährt sonstwohin. Verwandte hat sie keine auf dem Festland. Sie geht also in ein Hotel, in eine Pension oder ins Ausland. Die Fahndung läuft, das können wir nur abwarten. Zeugen dafür, dass sie die Insel verlassen hat, gibt es nicht. Sie müsste per Zufall allen entwischt sein.«

»Unwahrscheinlich, aber nicht unmöglich.«

»Die dritte Möglichkeit: Sie ist noch auf der Insel. Sie versteckt sich bei jemandem, um Zeit zu gewinnen, zum Beispiel, bis Ludwig sie abholt.«

»Das ist gut«, sagte Karsten Scholz und wurde plötzlich wachsam. »Sie konnte ja am Freitag noch nicht wissen, dass Ludwig am nächsten Tag verhaftet wurde.«

»Schwerlich.«

»Der Baron selbst wusste es auch nicht, also kann ihre Planung doch so ausgesehen haben, dass er sie später abholen wollte. Zum Beispiel, nachdem der Druck der Holland-Hunderter gelaufen war.«

Auch die Kommissarin stand von der kühlen Fensterbank auf und wurde wieder wach.

»Richtig. Das ist sogar wahrscheinlich. Was sollte sie in Hamburg? Womöglich wollte er sie am Sonntag oder Montag in Föhr abholen und dann mit ihr verschwinden.«

»Aber warum ist sie dann nicht wieder brav nach Hause gegangen und hat gearbeitet und ihre Kinder versorgt und ihren Alltag erledigt? Warum versteckt sie sich so plötzlich, ohne jede Vorbereitung? Das ist unlogisch.«

Marie Maas blieb stehen.

»Nein. Es ist so, dass sie unfreiwillig auf Föhr versteckt worden ist. Das ist die einzige Möglichkeit.«

»Die Gefangene von Föhr«, meinte Karsten Scholz und grinste. Aber nur einen Augenblick lang. Dann wurde er wieder ernst. »Weil sie dem Baron auf die Schliche gekommen war.«

»Oder Magnus Pleß.«

»Dem Fälscher. Natürlich. Sie hat eins und eins zusammengezählt.«

»Sie ist nicht dumm. Und sie will weg.«

»Sie hat die beiden erpresst.«

»Der Baron musste sie mitnehmen, sonst würde sie die Bande auffliegen lassen.«

»Ja.«

Karsten Scholz und die Kommissarin sahen sich schweigend an.

»Ruf jetzt mal an«, sagte die Kommissarin schließlich. Karsten Scholz griff zum Telefon. Marie Maas legte ihm einen Zettel mit der Nummer hin. Er nickte und wählte.

»Scholz, guten Morgen, Kollege. Kripo Hamburg, Morddezernat. Wir wüssten gern, wie die Durchsuchung gelaufen ist. Könnten wir vielleicht kurz telefonisch ... auf dem Amtsweg, ja sicher.« Er lauschte eine Weile ärgerlich in den Hörer. »Herr Ahrendskiel ...«

Marie Maas nahm ihm den Hörer aus der Hand.

»Maas hier, guten Morgen, Herr Ahrendskiel. Sie erinnern sich sicher noch an mich, wir haben uns gestern Morgen in Wyk kennengelernt. Genau, ja, die bin ich. Und das eben war mein Kollege, Kriminaloberkommissar Scholz aus Hamburg. Hören Sie, ist die Durchsuchung im Fotogeschäft Enken in Wyk schon abgeschlossen? Natürlich, das weiß ich doch. Aber sagen Sie mir nur das eine: War Magnus Pleß dort? Nein? Keine Spur von ihm? Ich danke Ihnen.« Sie legte den Hörer sachte auf die Gabel und schüttelte den Kopf.

»Er ist wie vom Erdboden verschluckt.«

»Scheiße«, sagte Karsten Scholz.

»Du sagst es.«

22

Tomkin saß seit dem frühen Nachmittag an seinen Kissenberg auf dem Bett gelehnt und versuchte zu arbeiten. Er hatte sich den Kunstband mit berühmten Fälschungen zurechtgelegt, und sein Blick glitt immer wieder über die falschen Hasen von Dürer beziehungsweise ihre Fälschungen, über gefälschte oder nachempfundene Vermeers und van Goghs und einen durchgepausten Nolde. Dem Erfindungsreichtum waren keine Grenzen gesetzt. Aber was half ihm das alles, wenn doch nach dem ersten Satz der zweite ausblieb? Ein Schriftsteller konnte nicht fälschen. Er konnte schließlich nicht irgendeinen Text abschreiben und ihn als eigenen ausgeben. Das wäre nicht einmal eine Fälschung – es wäre gar nichts! Ein Fälscher zeigte immerhin, dass er malen konnte.

Tomkin legte den Stift wieder aus der Hand und griff nach dem Zeitungsartikel, seiner Buchbesprechung, die ihm der wunderbare Pfarrer überreicht hatte. Wie Balsam las sich der Text. Er kannte ihn schon auswendig. Aber auch diese Wohltat trug nicht dazu bei, seiner Seele auch nur einen einzigen kleinen Satz zu entlocken.

»Worüber willst du denn als nächstes schreiben?« hatte Marie Maas ihn neulich gefragt.

»Ich schreibe nicht über etwas«, hatte Tomkin geantwortet. Der Gedanke, ein Thema zu behandeln, statt allein die innere Stimme zum Sprechen zu bringen, schien ihm eine Lästerung zu sein. »Ich bin doch kein Journalist.«

»Entschuldige, ich will dir nicht zu nahe treten, aber ich hatte den Eindruck, dein erster Roman handele von der Beziehung zu deinem Vater. Das ist doch ein Thema, Journalismus hin oder her.«

»Dennoch schreibe ich nicht über das Thema ›mein Vater‹, sondern ich beginne mit einem Satz«, hatte Tomkin geantwortet. »Ich vergesse vollständig, worum es geht. Ich vergesse alles. Und dann schreibe ich Wort für Wort, verstehst du?«

Marie Maas hatte es nicht verstanden.

»Hör mal, Marie, wenn du eine Ermittlung beginnst, dann geht es dir doch auch nicht um den Tod. Du findest den Täter nicht, indem du die Tatsache des Todes untersuchst. Sondern du musst dich davon wegbewegen und das Leben des Opfers und des Täters untersuchen. Du vergisst den Tod. Du tust am besten so, als wäre er gar nicht eingetreten.«

»Das kommt ganz darauf an. Wenn zum Beispiel ein Mensch mit einer Rasierklinge ermordet wird, dann ist diese Rasierklinge, das heißt die Todesart, der erste Anhaltspunkt. Von dort aus ermitteln wir.«

»Ihr sucht eine Rasierklinge. Ihr sucht den Rasierer dazu, ihr sucht einen Menschen, der einen solchen Rasierer benutzt und besitzt, und dann schlagt ihr von jedem Anhaltspunkt aus immer wieder den Bogen zu dem Todesfall.«

»Ja.«

»Nun, und so ist es auch mit dem Schreiben. Ich gehe fort vom Tatort, ich suche das Leben zu meinen Indizien, und eigentlich ist der ganze Prozess des Schreibens die Suche nach meinem Thema. Der Tod interessiert mich nicht. Der Mörder ist mein Thema. Ich weiß, dass es ihn gibt, aber ich kenne ihn nicht, sonst könnte ich nicht über ihn schreiben. Schreiben ist eine Ermittlung, ein Einkreisen. Ja, so könnte ich es sagen. Und Wissen ist das Ende des Schreibens. Jedenfalls, wenn es um Fiktion geht.«

Marie war mal wieder abgereist, und Tomkin saß da mit seiner einsamen Ermittlung. Niemand, mit dem er sich beraten könnte. Er fegte die Lobeshymne aus der Literaturzeitschrift vom Bett. Man sollte sich nicht mit gelegten Eiern beschäftigen. Wie süßer Honig war so ein Lob, aber es verklebte den Kopf. Er dachte über Fälschung nach, über Betrug. Und das musste er vergessen. Auch die zwölf Seiten, die er im glücklichen Schaffensrausch neulich aufs Papier geworfen hatte, musste er vergessen. Alles Hindernisse für die Phantasie. Barrieren, Fallen, Sackgassen, tiefe Verliese, aus denen er womöglich nicht wieder herausfand.

Er beförderte auch Papier und Stift vom Bett und sprang auf. Ein rotgoldener Abendhimmel war wieder einmal aufgezogen über der Marsch. Mächtige Wolkengebirge wurden von unten rosa angestrahlt, die Sonne ging mit großem Donnerwetter unter. Von der anderen Seite her drohten ein paar dunkle Regenwolken. Mit etwas Glück blieben sie dort einfach stehen oder zogen weiter aufs Festland.

Tomkin schlüpfte in seine Schuhe und griff nach der gewachsten Regenjacke. Laufen, gehen, schauen, das Denken abstellen. Die Ermittlungen abbrechen, träumen, aufnehmen und verschenken, statt wühlen und suchen und grübeln. Er sprang die Treppe hinunter und warf die Tür hinter sich ins Schloß. Mutter Hansen spähte rasch hinter der Gardine hervor, wer da so geräuschvoll das Haus verließ, und sah Tomkin in der Marsch verschwinden.

Tomkin legte sich ordentlich ins Zeug. Er schritt weit aus mit seinen langen Beinen und lief erst mal hinüber nach Oldsum. Von dort aus konnte er am schnellsten an den Deich gelangen, vielleicht sah er die Sonne noch hinter Sylt ins Wasser fallen. Kein Mensch war jetzt unterwegs; es war bereits Feierabend, aber noch zu früh für das Abendessen. Man sah fern, Vorabendserien oder Sportnachrichten, trank ein erstes Bier oder beaufsichtigte die Schularbeiten der Kinder. Man lief nicht mehr auf der Straße herum. Die meisten Saisongäste waren abgereist, würden erst ab Mai wieder auftauchen, um dann mit aller Macht den ganzen Sommer über die Insel fest in ihrer Hand zu halten. Jedes Bett auf Föhr war ausgebucht von Mai bis Mitte September. Eine Schande, wenn es anders wäre. Sozusagen der Untergang.

Die hübschen Bauerngärten in Oldsum lagen noch kahl da, bis auf einen grünen Flor auf den Rasenflächen und die bunten Krokusse darauf. Die Tulpen hatten dicke Knospen, wollten aber noch nicht aufspringen. Und die Osterglocken waren schon wieder verblüht. Alles war noch im Braun und Grau und Weiß des Winters gefangen. Und der Wind fasste kalt und feucht nach Tomkins Haaren, wirbelte sie durcheinander, warf sie ihm ins Gesicht und legte die Ohren frei.

Der Supermarkt wurde gerade geschlossen. Fanny Ley kam als letzte heraus und sprach noch mit Rickmer Brodersen, dem Chef. Ein netter, ruhiger drahtiger Mann, immer höflich und freundlich, aber nicht von dieser Kaufmannsbeflissenheit, die sofort verflog, wenn der Kunde sich herumdrehte. Er war hier geboren, und der Laden war, solange es ihn gab, seit hundertfünfzig Jahren, in den Händen seiner Familie. Auch wenn sich jetzt eine Großhandels. kette eingekauft hatte.

Fanny deutete einen Abschiedsgruß an, soweit ihr das möglich war. Sie trug in jeder Hand zwei volle Einkaufstüten. Mit gesenktem Kopf überquerte sie die Landstraße und bog in die Dorfstraße ein.

Tomkin lief weiter, die Hände in den Hosentaschen, und genoß den Blick auf den geröteten Himmel. Der Wind riss ihm den Atem aus dem Mund, aber er lief weiter, bis aus dem Dorf hinaus. Meta aus der Fleischabteilung überholte ihn von hinten auf ihrem Fahrrad und rief ihm einen Gruß zu. Sie trat schwer gegen den Wind.

Hinter Oldsum musste Tomkin sich weit nach vorne beugen, um voranzukommen. Ganz langsam, Schritt für Schritt, arbeitete er sich vor. Er sah und hörte nichts, nur das Heulen des Windes in seinen Ohrmuscheln.

Dann erhob sich links von ihm dunkel und drohend die Oldsumer Vogelkoje, und er musste an die Vogelkoje in Boldixum denken, die er am Dienstag mit Marie besichtigt hatte. Ein kreisrunder See, dicht von hohen, dunklen Ulmen umstanden. Buschwerk, das sich sicher und schützend an den Ufern entlangzog. So sehen es die Wildenten von oben. Ein idealer Platz zum Rasten. Eine Süßwasseroase auf ihrer Reise von Lappland, Finnland, Karelien, ihren Nistgebieten, hinunter nach Süden, an den Ärmelkanal, nach England und Frankreich. Ohne Arg ließen sie sich zu Hunderten auf diesen Seen nieder, zum Fressen und Schlafen und Ausruhen, und flogen wieder weiter. Bis auf die, die neugierig hinter den Lockenten hergeschwommen waren und so in die Reusen gerieten, langen, mit Netzen zu Tunneln geschlossenen Wasserarmen an mehreren Uferstellen. Und am Ende des Tunnels ein Kojenwärter, der die Ente zum Töten in Empfang nahm. Er tötete sie auf die schnellste und sicherste Weise: Er drehte ihnen den Hals um. Ringeln nannte man das. Was für ein Wort für einen Entenmord!

Tomkin nahm Kurs auf die Entenkoje und stellte erleichtert fest, dass es sich im Windschatten dieses kleinen Urwäldchens wesentlich besser laufen ließ. Die Sonne war jetzt hinter dem Deich verschwunden, aber es war noch hell hier draußen, die Regenwolken waren weitergezogen.

Er hatte mit Marie eine Weile am See gesessen, der so ruhig und still dagelegen hatte wie irgendein natürlicher Wassertümpel irgendwo in den Weiten von Kanada oder Russland. Kein Mensch schien hier jemals Hand angelegt zu haben. Und doch gab es diese grausamen Gehege, Pfeifen genannt, die verborgen im Gebüsch lagen. Vielleicht war es das gruselige Gefühl angesichts dieser hinterhältigen Art zu fangen und zu töten, das den Zauber des Ortes ausmachte.

Tomkin umrundete die Vogelkoje und suchte das Gebüsch ab nach dem Eingang. Das Wäldchen, in dessen Mitte der Teich mit den Fangeinrichtungen verborgen lag, war wiederum von einem Graben umgeben. Zusätzlich war das Gebiet eingezäunt, damit nur ja niemand es betrat und die Vögel störte. Seitdem Tierschützer dagegen angegangen waren, lagen die fünf Vogelkojen auf Föhr still, waren aber noch betriebsbereit.

Plötzlich sah Tomkin das Dach einer Hütte durch die Bäume schimmern. Das musste das Kojenwärterhäuschen sein. Ein Mann wurde für jede Vogelkoje abgestellt, um während der Fangzeit von September bis Dezember seine mörderische Arbeit dort zu verrichten. Für ihn stand ein kleines Häuschen auf dem Gelände, eine Hütte mit allem Notwendigen ausgestattet, um ein paar Monate hier zu leben. Jetzt entdeckte Tomkin auch die Brücke, die direkt vor dem Haus über den Graben führte. Er wusste, dass das Gelände gut gesichert war gegen Eindringlinge, aber er hatte trotzdem Lust, es sich aus der Nähe anzusehen. Eine Kuhweide lag zwischen der Straße und dem Kojengraben, aber die Tiere waren nicht einmal neugierig. Offenbar waren sie schon gemolken und hatten für heute nichts mehr zu erwarten. Tomkin stieg vorsichtig über den Elektrozaun und ging auf die Brücke zu.

Die Brücke war hinuntergelassen, und in den Drahtzaun war ein großes Loch geschnitten. So groß, dass er bequem hindurchschlüpfen konnte. Stockfinster lag das Dickicht der Büsche und Bäume vor ihm. Nur ein schmaler Trampelpfad führte von der Hütte zum See. Er hörte ein paar Enten quaken. Dann sah er, dass die Tür zur Hütte nur angelehnt war. Er öffnete die Tür weit und äugte vorsichtig in den dunklen Raum. Es roch muffig und feucht. Und darüber lag der Geruch von geronnenem Blut. Tomkin dachte sofort an gemetzelte Enten. Er sah fliegende Federn und Tierleiber vor sich mit krampfhaft verdrehten Hälsen. Gequälte Existenzen. Nie wieder würde er einen Entenbraten essen können. Es schien ihm völlig undenkbar, überhaupt noch einmal ein totes Tier anzufassen.

Er wollte die Tür zuschlagen und fortlaufen, aber etwas, noch viel stärker als Neugier, trieb ihn weiter.

»Hallo?« flüsterte er ganz leise. »Ist da jemand?«

Er bekam natürlich keine Antwort. Er machte die Tür noch weiter auf und erkannte den Umriss eines Menschen auf einer Pritsche. Ein Gesicht hob sich weiß ab, ein Arm, der leblos herabhing.

Er schloß die Tür und lehnte sich einen Augenblick dagegen. Seine Knie waren weich, und er glaubte, sich übergeben zu müssen. Aber dann bekam er sich wieder in den Griff.

Mit Riesensätzen sprang er über die Brücke und überquerte die Kuhweide. Den Wind im Rücken nahm er Kurs auf Oldsum und die nächste Telefonzelle.

23

Name: Carmen Ley. Alter: sechsunddreißig Jahre, ein Meter neunundsechzig groß, blonde Haare, getönt, zirka sechzig Kilo schwer. Einschusswunde oben rechts im Brustkorb sowie Streifschuss an der rechten Schläfe mit einer kleinkalibrigen Waffe.«

Die Stimme des Polizeiarztes wurde immer leiser, ging unter im Gemurmel der übrigen Stimmen in der Hütte.

Marie Maas trat nach draußen, auch hier wimmelte es von Leuten. Die meisten waren Beamte der Spurensicherung aus Flensburg. Presse war auch dabei. Und Angehörige. Einen Augenblick lang sah die Kommissarin die Gesichtszüge von Fanny Ley in einer Gruppe aufleuchten im Schein eines Feuerzeugs. Nun filterte sie auch einzelne Worte von ihr heraus. Ihre stammelnde, tränenerstickte Stimme, die nicht mehr beherrscht und ruhig klang. Der Pfarrer war da. Er stand stumm neben Tomkin nahe der Zugbrücke.

Langsam gewöhnte die Kommissarin sich an die Dunkelheit. Sie entdeckte den Pfad zwischen den Bäumen, der zum Teich führen musste. Sie nahm Karsten Scholz die Taschenlampe ab, knipste sie aber nicht an und bog in den Pfad ein. Nach ein paar Metern wurde es stiller, das Stimmengewirr verstummte. Noch ein kurzes Stück Weg, dann lag der See silbern glänzend vor ihr. Es war völlig windstill hier zwischen den Bäumen. Ein paar Vögel kreischten, es war nicht auszumachen, was für welche es waren. Sie schrien laut wie Möwen und glucksten dann wie Hühner. Die

Vogelstimmen kamen ihr plötzlich in der Stille unerhört laut vor.

So etwa musste Carmen Ley es hier in den vergangenen Tagen und Nächten erlebt haben. In völliger Dunkelheit, denn man hatte ihr die Augen verbunden. In der Totenstille und Abgeschiedenheit der Vogelkoje, eingesperrt in dieses Haus, ohne zu wissen, was aus ihr werden würde. Essensreste standen auf dem Tisch und am Boden. Marie Maas hatte sofort an die eingepackten Brötchen in Magnus Pleß' Haus gedacht. Zweifellos war er der Versorger gewesen. War er auch ihr Mörder?

Ahrendskiel und sein Kollege aus Flensburg gingen davon aus. Karsten Scholz hatte mit den Schultern gezuckt und das gleiche gedacht wie sie, Marie Maas: Der Baron konnte es nicht gewesen sein. Er hatte das beste Alibi der Welt, denn der Mord war innerhalb der letzten vierundzwanzig Stunden geschehen. Magnus Pleß war vor etwa vierundzwanzig Stunden verschwunden und bis jetzt nicht wieder aufgetaucht.

Marie Maas setzte sich einen Augenblick lang auf einen Baumstamm, der offenbar zu diesem Zwecke hier hingelegt worden war. Die Vogelkoje war im letzten Jahr noch in Betrieb gewesen. Man holte gerade den Kojenwärter.

Die romantischen Gefühle, die sie überkommen hatten, als sie die Vogelkoje in Boldixum besichtigt hatte, wollten sich nicht wieder einstellen. Der Morgen begann zu dämmern, als ganz feiner, grauer Schleier zog er über den Ulmen auf und spiegelte sich sogleich im Wasser. Was für ein gefräßiger Schlund, dieses Sumpfloch, dachte die Kommissarin plötzlich. Eine vergiftete Falle, ein trügerisches, gnadenloses Gefängnis. Sie sprang auf und lief zurück zu den anderen, mit der Taschenlampe sorgsam den Weg ausleuchtend.

Die Gaststätte in Oldsum wurde notdürftig als Hauptquartier eingerichtet. Wenigstens gab es hier ständig frischen Kaffee für die übernächtigten Beamten. Karsten, der sie auf ihre Bitte hin mitten in der Nacht von Hamburg nach Dagebüll gefahren hatte und dann aus reiner Neugierde auch mit in die Motorjacht der Küstenwacht gestiegen war, die sie nach Föhr brachte, schlief einen Moment lang im Sitzen vor seinem Kaffeebecher ein. Onno Brodersen, der Sohn des Kaufmanns, trat in die Wirtsstube und stellte eine Riesentüte mit Brötchen auf den Tresen. Er sah sich neugierig um und verschwand dann wieder.

Der Raum war voller Menschen. Nur die Leute von der Spurensicherung waren noch draußen unterwegs. Sie suchten die Bullenweide ab. Patronenhülsen hatten sie gefunden und eine alte Luftpumpe, die Magnus Pleß gehören sollte.

»Ich habe ihm den Schlüssel gegeben, ich habe davon ja nichts geahnt«, sagte Erwin Pergande, der Kojenwärter. Er wurde von Kommissar Sigmundson vernommen. Sein junger Kollege hatte seinen Laptop aufgebaut und nahm das Protokoll auf. Marie Maas saß am Nebentisch und hörte ein bisschen zu. Dabei versuchte sie, sich an ihrer Kaffeetasse aufzuwärmen und das mulmige Gefühl in der Magengegend loszuwerden. Tomkin stand schon wieder irgendwo mit dem Pfarrer herum. Die beiden schienen sich angefreundet zu haben. Auch die anglophile Ehefrau des Pfarrers war da; überhaupt schien das halbe Dorf versammelt zu sein. Gerade kamen die belegten Brötchen aus der Küche. Drei große Platten voll. Alle stürzten sich darauf. »Was hat Herr Pleß Ihnen denn erzählt, wozu er den Schlüssel braucht?« fragte Sigmundson.

»Er wollte irgendetwas fotografieren, irgendein Motiv, was weiß ich. Die Koje ist ja auch zu, sieht nicht so aus, als ob wir demnächst wieder weitermachen könnten. Was soll's also, dachte ich. Am nächsten Tag brachte er mir die Schlüssel wieder. Ich habe allerdings nicht nachgesehen, ob er alles wieder verschlossen hatte. Das gebe ich zu.«

»Und wann war das, Herr Pergande?«

»Na, vor Ostern. Karfreitag? Jawoll, das war Karfreitag. Am Nachmittag. Ich habe mich noch gewundert, was der eigentlich fotografieren wollte, war ja schon viel zu dunkel. Aber er meinte, er ginge früh am nächsten Morgen. Wollte auch partout nicht, dass ich mitkam. So war das.«

»Wer hatte sonst noch einen Schlüssel für die Koje? Wer konnte hineingelangen?«

»Niemand. Das heißt, die Gemeinde hat noch einen Schlüssel, klar. Das weiß ich nicht, wer da alles dran kommt. Müssen Sie mal in Wyk im Rathaus fragen. Herrn Frahm.«

»Kapitän Frahm?« fragte Marie Maas vom Nebentisch her. »Meinen Sie den Wattführer?«

»Ach was, nicht den Käpten. Albert, seinen Bruder. Der ist in der Gemeindeverwaltung tätig. Der hat den guten Draht zur Landesjagdbehörde.«

Erwin Pergande schwieg vielsagend und weigerte sich, seine Andeutung näher zu erläutern. Sigmundson notierte alle Namen sorgfältig.

»Die sind zuständig für die Schließung der Kojen auf Föhr«, flüsterte Pastor Wedekind ihr ins Ohr. »Pergande ist natürlich sauer auf die Vogelschützer. Sie haben ihn beschimpft als Entenmörder und so weiter. Er hält sich lediglich für einen Jäger, ganz klar. Eine Zeitlang haben sie ihm sogar Tierkadaver vor die Haustür gelegt.«

»Das ist ja furchtbar«, sagte Tomkin. »Am frühen Morgen schon die toten Tiere sehen zu müssen.« Er schüttelte sich. Er war immer noch etwas grün im Gesicht. Der Schock saß ihm nach wie vor in den Gliedern. Er war still und in sich gekehrt.

»Seit wann sind denn die Kojen geschlossen?« fragte Marie Maas.

»Seit diesem Jahr erst. Jedenfalls hier auf Föhr. Die auf Amrum und Sylt sind schon lange zu.«

»Und wer ist dafür verantwortlich?«

»Die Landesregierung.«

»Ach so. Auf politischen Druck hin also.«

»Das waren die Tierschützer«, sagte der Pastor. »Tatsache, es gibt auch mal Erfolge. Die Kojenbetreiber sind natürlich sauer. Sie dürfen zwar ihre Kojen noch behalten, aber keine Tiere mehr töten. Sie werden nur gefangen und beringt und dann wieder freigelassen. Sagen sie. Man vermutet aber, dass sie weiterhin welche fangen und töten. Das kriegt ja keiner mit, weil die Kojen so abgeriegelt sind.«

»Ist denn das noch ein Wirtschaftsfaktor auf Föhr, der Entenfang?«

Der Pfarrer lachte leise. Es fiel trotzdem auf in dem gedämpften Gemurmel der Stimmen. Man sah sich nach ihm um. Er war etwa so alt wie Tomkin und sah ihm auch ähnlich. Groß, eine sportliche Figur, blitzende, kluge Augen, nicht besonders geistlich. Marie Maas hatte von ihm bisher nur gehört, dass er es geschafft haben sollte, fließend Friesisch zu lernen und damit Achtung unter den Insulanern zu erwerben.

»Auf Föhr gibt es seit zwanzig Jahren nur noch einen Wirtschaftsfaktor. Und das sind die Feriengäste. Alles andere ist bedeutungslos, verstehen Sie? Die Landwirtschaft wird von Brüssel kaputtgemacht, die Hochseefischerei ist schon lange vorbei, die Jagd und das bisschen Lebensmittelindustrie sind minimal. Ohne die Gäste wäre die Insel so arm wie ein Wüstenstaat ohne Öl. Was glauben Sie denn, warum die Leute hier so freundlich sind zu uns Fremden?«

Marie Maas versuchte zu lächeln. Es tat weh, so sehr spannte ihre Haut von dem eisigen Wind draußen.

»Carmen Ley war ebenfalls eine Fremde ...«

»... und denken Sie bloß nicht, dass sie hier im Dorf jemals akzeptiert worden wäre«, ergänzte der Pfarrer spontan.

»Ach nein? War das Ihr Eindruck?«

»Mein Eindruck? Ich weiß es. Ich weiß doch, was die Leute hier reden.«

»Und ich dachte, man würde hier ganz freundlich miteinander umgehen.«

»Oje, Sie sind aus der Stadt, nicht wahr? Auf dem

Land geht es ganz anders zu, Kommissarin. Und hier sind wir nicht nur auf dem Lande, sondern wir sind auf einer Insel. Wir befinden uns in einer Gesellschaft, die über Jahrhunderte völlig abgeschlossen und isoliert unter sehr harten Bedingungen überlebt hat. Was Sie heute hier von außen sehen, ist eine exotische Blüte des Tourismus. Etwa so künstlich wie das sogenannte Wirtschaftswunder nach dem Zweiten Weltkrieg in Westdeutschland, das auch nur zustande kam durch die Finanzspritzen der Alliierten, die Deutschland zum Bollwerk gegen den Kommunismus aufrüsteten. Ein plötzlicher, unverhoffter Reichtum. Vorher war dies hier ganz, ganz armes Land, verstehen Sie? Und das vergessen die Menschen, die hier leben, nicht so schnell. Jede Familie hat Auswanderer in den USA. Es gab, so geht die Legende, zeitweise mehr Föhrer in New York als auf Föhr. Noch in den fünfziger Jahren war die Insel am Aussterben. Ja, das glauben Sie heute nicht mehr, aber so war es. Und so hängt noch heute jeder an seinen Pfründen. Ob es eine Entenkoje ist, an der er Anteile hat, oder ein Acker oder sein Häuschen, in dem schon die Urgroßeltern lebten. Und die Neuen, die hierherkommen, die Fremden, die sich hier einquartieren für ein paar Jahre, so wie Magnus Pleß oder Carmen oder wie ich und meine Frau – niemals werden wir aufgenommen in den wirklichen Kreis der Dorfgemeinschaft. Wir bleiben die Zugewanderten. Man ist sehr freundlich zu uns, aber mehr auch nicht. Im Konfliktfall sondert man uns rasch aus. Zieht uns raus wie einen Splitter aus der Wunde.«

Der Pfarrer hatte mit Feuer gesprochen, aber ganz

leise, sodass nur Marie Maas und Tomkin ihn verstehen konnten. Seine Frau hatte sich zu Fanny gesetzt und hielt ihr eine wärmende Decke um die Schultern.

Marie Maas wies mit dem Kopf leicht in ihre Richtung. »Und die Leys? Was ist mit den Familien, die sich mit den Fremden zusammentun? Sönke hat eine Zugewanderte geheiratet.«

»Na und? Durch Ehe ist man noch lange nicht aufgenommen. Dazugehören tut nur, wer hier geboren ist.«

»Fanny war befreundet mit Carmen. Ich hatte jedenfalls wirklich den Eindruck, dass sie sie mochte und sich um sie sorgte.«

»Fanny ist um ihren Bruder besorgt und um ihre Nichten und Neffen. Sie hat Carmen geholfen, um ihrem Bruder zu helfen.«

»Ihr Bruder ist ein Trinker!«

»Wer ist hier kein Trinker? Trinker können sich bessern, Fremde bleiben immer Fremde.«

»Sie sind den Leuten ja nicht gerade wohlgesonnen«, meinte Marie Maas skeptisch.

»Ich bin ihr Seelsorger«, antwortete Pastor Wedekind schlicht. »Und das heißt, ich kenne meine Schäfchen.« Er lächelte freundlich und knuffte Tomkin in die Seite. »Sie sollten sich mal um Ihren jungen Schriftsteller hier kümmern, Kommissarin. Ich glaube, der kippt bald aus den Latschen.«

Tomkin knuffte zurück und rang sich ein Lächeln ab.

»Meinetwegen können wir nach Hause gehen«, sagte Marie Maas rasch. »Sollen wir, Tomkin?«

Tomkin nickte.

»Ich sehe auch nicht, was hier heute noch zu machen wäre«, murmelte die Kommissarin. Sie ging zu Karsten Scholz und tippte ihm sacht auf die Schulter. »He, Kollege. Ich lege mich jetzt auch mal für ein paar Stündchen aufs Ohr. Ich denke, wir sehen uns am Montag ganz normal im Büro?«

»Heißt das, du bist jetzt wieder im Urlaub?« fragte Karsten schlaftrunken.

»Fast«, sagte Marie Maas und winkte ihm zum Abschied noch einmal zu.

24

Wenn Träume wahr werden«, murmelte Marie Maas und wickelte sich eng in ihre Bettdecke ein. »Das ist meistens ein schwieriger Augenblick. Weil die Wirklichkeit nie so glänzend ist, wie sie uns im Traum vorschwebt.«

»Du meinst, ich bleibe jetzt depressiv?« fragte Tomkin mit schlaftrunkener Stimme.

»Hmhm. Postnatale Depression. Geht wieder vorbei. So heißt das doch bei Frauen, die gerade ein Kind zur Welt gebracht haben. Man weiß noch nicht genau, ob es mit den Hormonen zusammenhängt oder ob die Veranlagung dazu erblich bedingt ist oder auf Erlebnisse der frühen Kindheit zurückgeht. Fest steht nur, dass viele Frauen nach der Geburt eines Babys tief depressiv sind und unter großen Ängsten leiden, dass sie ihr Kind nicht richtig versorgen könnten, dem allen nicht gewachsen, dass sie keine gute Mutter wären und so weiter. Und überhaupt ist nun, wo das Baby endlich da ist, alles lange nicht so schön und rosig, wie sie es sich geträumt hatten. Ein schreiendes, forderndes Bündel, das noch nicht einmal lachen kann und eine äußerst kurze Geduldsspanne besitzt. Und von automatischer Mutterliebe, die uns befähigen könnte, all dies großmütig hinzunehmen, keine Spur.«

»Mag ja sein, dass es da gewisse Parallelen gibt, aber zumindest muss ich doch jetzt mein ›Baby‹ nicht versorgen. Mit der ›Geburt‹, also mit der Veröffentlichung, ist doch meine Arbeit abgeschlossen.«

»Offenbar nicht«, meinte die Kommissarin gähnend. »Du hast ja ein Buch geschrieben, weil du willst, dass andere Leute es lesen und dich bewundern. Nun musst du dich um deine Leser kümmern.«

»Um Himmels willen.«

»Ich nehme an, du wirst sie lieben müssen. Dein Glück hängt von ihnen ab. Du bist jetzt die Mutter der Leser und Leserinnen deines Textes, vorher warst du nur ein Träumer. Jetzt hast du Familie.«

»Marie, hör auf. Ich werde Alpträume bekommen heute Nacht. Das habe ich sowieso befürchtet, nach allem, was heute geschehen ist.«

»Ich kann nicht schlafen, Tomkin.«

Tomkins große, warme Linke suchte sich seinen Weg in Maries Wickeldecke und streichelte einen Augenblick lang ihren Arm.

»Werdet ihr Magnus Pleß finden?«

»Er war's nicht.«

»Nein?«

»Warum hätte er sie umbringen sollen? Erst füttert und versorgt er sie wie ein Kaninchen, und dann soll er sie plötzlich erschießen? Um sie dann auch noch dort liegen zu lassen, wo jeder, der sie findet, als erstes auf ihn tippen wird? Er beseitigt nicht einmal die Spuren seiner Anwesenheit, die Essensreste im Kojenwärterhaus, die Essensreste bei sich zu Hause. Nein, da stimmt etwas nicht.«

»Ich kann es mir auch nicht vorstellen. Er ist viel zu ...«

»Ja? Wie ist dein Eindruck von ihm? Was ist er für ein Typ?«

»Viel zu weich für so etwas. Er ist ein sentimentaler, lebenslustiger Bursche. Aber ich dachte, ich hätte ihn vielleicht nicht richtig eingeschätzt, nachdem ich mitbekam, in was für Geschichten er verstrickt ist.«

»So schlimm sind diese Geschichten gar nicht. Fälscher gab es schon immer und gibt es massenhaft. Seitdem der Kunstmarkt ein echter Markt geworden ist mit Geldbeträgen, die in astronomische Höhen schnellen und dem Kunstwerk an sich überhaupt nicht mehr angemessen sind, ohne jeden reellen Boden, für etwas, das keinerlei Gebrauchswert besitzt, seitdem gibt es Leute, die ihre Kunstfertigkeit dazu einsetzen, auch einen Happen abzubekommen vom großen Geld.«

»Früher wurde eine schöne Madonna so oft kopiert wie nur möglich, und kein Mensch sprach von Fälschung.«

»Eben. Damit möglichst viele Leute ihre Freude daran haben konnten.«

»Rubens hat seine Arbeiten nur noch signiert, gemalt haben sie seine Schüler. Es gibt noch mehr Beispiele.«

»Du meinst also auch, Pleß ist nicht der Typ, der um seines Vorteils willen einen Menschen töten könnte?«

Tomkin richtete sich im Bett auf und zog seine Hand unter Maries Bettdecke hervor.

»Auf keinen Fall. Was mich nur unsicher macht, ist die Tatsache, dass Carmen Ley ihn doch erkannt haben muss, trotz ihrer Augenbinde. Sie kannte schließlich seine Stimme.«

»Vielleicht stand sie unter Drogen. Schlaftabletten oder ähnliches. Wir werden es nach der Obduktion wissen.«

»Sie war mit dem Baron verabredet und wollte mit ihm die Insel verlassen. Das Treffen hat am Karfreitag stattgefunden, nach der Mittagsschicht im ›Pferdestall‹«

»Seitdem ist sie verschwunden.«

»Sie ist zu dem Baron ins Auto gestiegen und hat ihm eröffnet, dass sie mit ihm fortgehen will. Sie hat ihm gedroht, wenn er sie nicht mitnimmt, wird sie zur Polizei gehen. Sie wusste, dass Magnus Pleß und der Baron zusammenarbeiteten.«

»Woher wusste sie das?« fragte Marie Maas schlaftrunken. Sie hatte die Augen geschlossen.

»Nun, wenn sogar der Koch vom ›Pferdestall‹ den Wagen vor Magnus Pleß' Haus gesehen hat, so wird Carmen Ley ihn um so sicherer dort bemerkt haben. Sie wohnte doch direkt nebenan. Alle wussten es.«

»Scheißinsel«, flüsterte Marie Maas. »Alle wissen alles, sprechen aber nicht darüber. Weißt du, wie ich mich fühle? Wie damals, als wir in Polen waren, und die ganze Stadt wusste von der Affäre des Pfarrers mit einer verheirateten Frau, nur ich habe eine ernsthafte Ermittlung gebraucht, um dahinterzukommen. Seltsam, was die Menschen alles voneinander wissen und für sich behalten können. Was wäre die Kripo ohne die Lüge? Wir wären alle arbeitslos.«

»Ich lebe auch davon«, sagte Tomkin nüchtern. »Von der Tatsache, dass man nicht immer die Wahrheit sagen muss. Dass der Phantasie keine Grenzen gesetzt sind. Dass Sprache kein Werkzeug der Realität ist, sondern nur ein kleiner Zipfel unseres dunklen

Kontinents, um es in Anlehnung an Sigmund Freud zu formulieren.«

»Erzähl weiter, Liebling.« Marie Maas hatte die Augen geschlossen und die Lippen leicht geöffnet. Sie wollte diesen Augenblick zwischen Wachen und Schlafen so lange wie möglich ausdehnen.

»Aber das würde heißen, Carmen Ley hat Magnus gar nicht unter Druck setzen können ... wenn sowieso alle wussten, was sie wusste ...«

Es klopfte. Die Kommissarin nahm es kaum wahr. Sie wusste nicht, ob sie schon eingeschlafen war und träumte oder ob sie noch wach war. Dann klopfte es noch einmal, und sie öffnete die Augen.

Tomkin stand auf und ging zur Tür. Er hielt seine rutschenden Schlafanzughosen fest und kämpfte mit dem Schlüssel. Als er die Tür öffnete, hörte Marie Maas die aufgeregte Stimme von Osina Hansen.

»Ein Telefongespräch. Für Ihre Frau. Es ist die Polizei. Das wird wohl wichtig sein.«

Tomkin entschuldigte sich bei der Wirtin, schloß die Tür wieder und ließ die Schlafanzughosen fallen. Während er in seine Sachen schlüpfte, versuchte er Marie zu wecken. Sie war unfähig, noch einmal die Augen aufzuschlagen.

»Geh du bitte«, sagte sie. »Ich kann einfach nicht. Ich will nicht. Sie haben Pleß gefunden.«

Ehe Tomkin das Zimmer verließ, war die Kommissarin eingeschlafen.

Nachdem sie einen ganzen Tag und eine Nacht lang geschlafen hatten, brachen Marie Maas und Tomkin am nächsten Morgen zu einer Wanderung rund um die Insel auf. Es gibt auf Föhr den Brauch, am Himmelfahrtstag in großer Gesellschaft einmal rund um die Insel zu wandern. Knapp dreißig Kilometer legt die Wandergemeinde zurück und trinkt dazu reichlich Schnaps und Bier. In allen Ortschaften wird Essen und Trinken angeboten. Marie Maas und Tomkin hatten sich jedoch einen anderen Weg ausgesucht als die Himmelfahrtsgemeinde. Sie gingen durch die kleinen Marschenwege Richtung Südwesten bei Utersum an den Deich und folgten dann immer der Küstenlinie, soweit dies möglich war. An der Rehaklinik bogen sie auf den Strandweg ein und liefen ein Stück weit am Wasser entlang. In den Godelniederungen wählten sie sich den Weg, der am nächsten am Watt entlangführte, und hinter dem Gotinger Kliff marschierten sie direkt über den Wattboden, bis die ersten Kurkliniken von Wyk auftauchten.

In Wyk ging Marie Maas kurz in die Polizeiwache und ließ sich von dem diensthabenden Wachtmeister – Ahrendskiel war mit den Kollegen aus Flensburg unterwegs auf dem Festland – die genauen Fakten schildern. Früh am Morgen des Vortags war ein Patrouillenboot des Küstenschutzes vom Festland herübergekommen, um die Leiche von Carmen Ley nach Flensburg ins gerichtsmedizinische Institut zu schaffen. Kurz nach dem Ablegen aus dem Sportboothafen, gleich hinter der Schutzmole, sah der Schiffsführer einen Gegenstand im Wasser treiben. Man hatte angehalten und ihn herausgefischt. Es handelte sich um einen weiteren Leichnam, es war Magnus Pleß.

Man hatte den Toten geborgen und gleich mitgenommen nach Flensburg. Bis jetzt lag nur eine telefonische Mitteilung über die Untersuchung des Leichnams vor. Keine Gewaltanwendung ersichtlich. Eventuell Herzschlag. Der Obduktionsbericht sollte am frühen Abend in Wyk eintreffen.

Marie Maas hatte sich wieder mit Tomkin in der italienischen Eisdiele verabredet und war diesmal nicht abgeneigt, sich mit einem Eisbecher zu trösten. Der Fall, der so schlicht mit einer Verschwundenen und ein paar Fälschungen begonnen hatte, zog ja fast ein Massensterben nach sich. Ehe sie die Leute vernehmen konnte, waren sie schon tot. Nur der Baron schmorte in seiner Hamburger Gefängniszelle und bastelte auf seine Art daran, die Tatsachen zu verdrehen.

»Ich gehe jetzt zu Ocke Enken. Wenn du willst, kannst du mitkommen, sonst warte hier auf mich.«

Tomkin erhob sich sofort. Fast hätte man annehmen können, er habe begonnen, an einem neuen Roman zu arbeiten.

25

Die Schaufenster des Fotografen waren dekoriert mit Fotografien von Wyk um die Jahrhundertwende. Schwarzweißaufnahmen von den engen, dänisch anmutenden Gassen von Wyks Altstadt, den großen, hölzernen Badekarren, die mit den Kurgästen hinaus zu den Prielen fuhren, von Pferden gezogen, die im leichten Trab durch das flache Wasser liefen. Von großen Damen, die in prächtigen Sommerkleidern auf dem Sandwall promenierten, und schließlich von Himmel und Wolken und vom endlosen Meer.

Die Ladenglocke klingelte altmodisch und ziemlich laut. Aus einem Hinterzimmer rief eine Frauenstimme: »Komme gleich!«

Marie Maas lehnte sich an den gläsernen Tresen und wartete. Sie wusste nicht genau, wie sie an Ocke Enken herankommen sollte, sie hatte sich vorgenommen, die Sache einfach auf sich zukommen zu lassen. Sie hatte sich nicht einmal das Protokoll seiner Vernehmung nach der Hausdurchsuchung durchgelesen. Da nichts bei ihm gefunden worden war, musste es ein leichtes für ihn gewesen sein, sich herauszureden, beziehungsweise einfach zu schweigen.

Betty Enken kam aus dem Büro in den Laden. Sie trug einen rotweißschwarzen Schottenrock mit goldener Sicherheitsnadel. Dazu hatte sie eine weiße Bluse angezogen mit einem schwarzen, schmalen Lederschlips. Bei ihrem sehr weiblichen Auftreten wirkten diese männlichen Attribute umso reizvoller. Sie war eine hübsche Erscheinung und lächelte die Kommissarin freundlich an.

»Womit kann ich dienen? Mein Mann ist leider im Augenblick nicht da.«

»Das ist schade«, sagte Marie Maas. »Denn den wollte ich eigentlich sprechen. Mein Name ist Maas, ich bin von der Kriminalpolizei Hamburg, Mordkommission. Ich komme wegen Magnus Pleß.«

Betty Enkens Miene verlor sofort das Lächeln. Traurig und ernst legte sie die Hände ineinander, nachdem sie ein Foto, das auf die Größe eines Schulheftes vergrößert worden war, auf den Ladentresen gelegt hatte.

»Wir haben es gestern Abend erfahren. Es ist ein großer Schmerz für meinen Mann und mich. Wir waren lange mit Magnus befreundet.«

»Das wissen wir«, sagte Marie Maas sanft und gab ihrer Stimme dann eine leichte Schärfe. Wie auch immer Betty Enken zu den Aktivitäten von Pleß und ihrem Mann gestanden haben musste, sie verzog keine Miene und verharrte ruhig in ihrer Beileidshaltung.

»Ich weiß, was Sie denken«, sagte sie nach einer Pause. »Aber Sie irren sich. Mein Mann ist kein Betrüger. Er hätte das auch gar nicht nötig. Und was diese furchtbaren Ereignisse der letzten vierundzwanzig Stunden hier auf Föhr angeht, so können Sie gewiss sein, dass wir alle nicht eher ruhen, bis die Schuldigen gefunden und bestraft worden sind. Mein Mann wird da keine Sonderrolle einnehmen.«

»Ihre Haltung in Ehren, Frau Enken, aber im Fall Carmen Ley geht es um Mord. Ganz kaltblütigen, grausamen Mord an einer jungen Frau, die mehrere Tage lang wie ein Tier gefangengehalten wurde, um dann brutal abgeknallt zu werden. Das ist kein Kavaliersdelikt mehr, das Sie hier auf Ihrer Insel allein untereinander abmachen können. Sie müssen es sich schon gefallen lassen, dass wir als ermittelnde Behörde zusammen mit der Staatsanwaltschaft uns einmischen und versuchen werden, den Schuldigen zu finden. Wo war Ihr Mann am Dienstag zwischen fünfzehn und vierundzwanzig Uhr?«

»Hier. Wir öffnen den Laden um drei Uhr nachmittags, und er war hier, das können unsere Kunden bezeugen.«

»Wann schließen Sie das Geschäft?«

»Um sechs Uhr. Er räumt dann noch auf und schließt alles ab. Danach haben wir zu Abend gegessen. Wir wohnen oben über dem Geschäft. Anschließend ist er noch für ein paar Stunden in die Dunkelkammer gegangen, weil er so viel zu tun hatte. Wir waren eingeladen bei unseren Feriengästen. Wir haben eine Ferienwohnung am Drosselstieg. Die Gäste kommen schon seit Jahren, und einmal während ihres Urlaubs besuchen wir sie und trinken eine Flasche Wein zusammen. Ich bin allein hingegangen an diesem Abend, weil mein Mann wie gesagt keine Zeit hatte.«

»Wann sind Sie zurückgekommen?«

»Gegen halb zwölf. Vielleicht auch etwas später. Ich hatte mir ein Taxi genommen.«

»Wo war Ihr Mann, als sie heimkamen?«

»In seinem Labor. Er kam erst in die Wohnung, als ich schon im Bett lag.«

»Woher wissen Sie, dass er in seinem Labor war?

Vielleicht war er auch bei Magnus Pleß und hat sich mit ihm beraten, wie sie beide die Leiche von Carmen Ley beseitigen konnten? Carmen hat Pleß und andere vermutlich bedroht, ihre Bande auffliegen zu lassen, wenn sie ihr nicht helfen würden, die Insel zu verlassen.«

Betty Enken sagte nichts. Ihr Gesicht war ausdruckslos und zeigte nicht, was sie denken mochte.

»Kannten Sie Frau Ley?«

Sie nickte vage. »Vom Sehen. Flüchtig.«

»Darf ich mal sehen?« Marie Maas trat näher an den Tresen heran. Ihr Blick war einen Augenblick lang auf das Foto gefallen, das Betty Enken aus dem Büro mitgebracht hatte und jetzt wieder in die Hand nehmen wollte. Sie schob die Aufnahme der Kommissarin rüber.

»Wem gehört das? Ich meine, wer hat die Aufnahme gemacht?«

»Eine Kundin«, sagte Betty Enken.

»Wie ist ihr Name?«

»Da müsste ich nachsehen. Ich schreibe gerade die Rechnung.«

»Bitte, sehen Sie nach.«

Betty Enken verschwand wieder in ihrem Büro, und Marie Maas starrte auf das Foto. Eine Nachtaufnahme. Ein See, kreisrund, von hohen Bäumen umstanden. Die Vogelkoje von Oldsum. Etwa von dort aus aufgenommen, wo sie selbst in der vergangenen Nacht auf dem Baumstamm gesessen hatte. Fehlte nur noch das Geschrei der Wasservögel mitten in der Nacht.

»Eine Pia Struwe«, sagte die Fotografengattin. Sie zeigte der Kommissarin den Belegzettel an der Tüte mit den Negativen. Pia Struwe, c/o »Pferdestall«, stand dort, Süderende/Föhr.

»Ich danke Ihnen«, sagte die Kommissarin und hatte den Laden schon verlassen, ehe Betty Enken ihren Abschiedsgruß erwidern konnte.

26

Marie Maas sah den Sandwall hinauf Richtung Hafen. Ein großer Pulk Touristen kam gerade auf sie zu, ging nahe an den Schaufenstern vorbei und rannte sie fast um. Die Sonne war herausgekommen, und der Himmel spannte sich strahlend blau und blankgeweht über die Insel und das Meer. Genau vor ihr, hinter einer Baumgruppe und der befestigten Uferpromenade, lief die Flut auf. Eine weiße Fähre, die »Runghold« oder die »Nordfriesland«, schob sich sehr nahe am Ufer vorbei und auf den Hafen zu. Sie würde neue Besuchermassen bringen. Ob sie es noch schaffte, den Bus am Hafen zu erwischen? Dreizehn Uhr zehn müsste der nächste dort abfahren. Womöglich aber wartete er erst noch die Ankunft der Fähre ab und verspätete sich.

Ob Pia Struwe überhaupt noch auf der Insel war? Warum war sie nicht gleich darauf gekommen? Die alberne Ente im Garten, die Ente in der Kiste auf dem Fahrrad – warum hatte sie nicht geschaltet? Eine Tierschützerin wie aus dem Bilderbuch. Aber eine Mörderin?

Die Kommissarin drehte sich um und hastete durch die Süderstraße, um den Bus in der Stadtmitte abzufangen. Kurz vor dem Fischgeschäft fiel ihr Tomkin ein, der noch immer in der Eisdiele auf sie wartete. Verdammt noch mal! Warum hatte sie eigentlich keinen Dienstwagen zur Verfügung? Jeder Hanswurst hier auf der Insel fuhr Auto, nur sie spielte Ökotouristin. Sie hastete weiter, besann sich dann wieder anders und schoß durch eine enge Gasse, die sie zurück zum Sandwall führen musste. Eine Menschenmenge versperrte ihr den Weg, sie besichtigten eine Töpferin bei der Arbeit hinter einer Schaufensterscheibe und gaben begeisterte Kommentare ab. Marie Maas fluchte. Sie beschloß, Tomkin seinem Schicksal zu überlassen. Er würde das schon verstehen.

Wie durch ein Wunder gelangte sie durch das enge Straßengewirr zum Hafen. Die große Uhr am Fähranleger zeigte dreizehn Uhr elf, und der Bus fuhr ihr direkt vor der Nase weg. Die Taxis waren alle verschwunden – die Fähre hatte gerade ihre Fahrgäste ausgespuckt, nicht ein einziger Wagen war zurückgeblieben.

Ratlos blieb Marie Maas an der Bushaltestelle stehen. Sie war erstaunt über so viel Pech auf einen Schlag. Ein Taxi kam zurück und manövrierte einmal über den ganzen Parkplatz vor dem Fähranleger, um dann die Bushaltestelle anzusteuern und direkt vor ihr zu halten. Die Beifahrertür sprang auf, und Tomkin winkte sie heran.

»Willst du vorne sitzen?«

Marie Maas stieg in den Fond des Wagens und strahlte.

»Immer wenn du meinst, es geht nicht mehr«, zitierte sie lachend den Spruch ihrer Großeltern, der auf einem gestickten Handtuch in der Küche gehangen hatte.

»Kommt von irgendwo ein Tomkin her«, reimte Tomkin zu Ende. »Du treulose Tomate. Du wolltest mich einfach in der Eisdiele zurücklassen. Das verzeihe ich dir nie.«

»Süderende, bitte«, sagte die Kommissarin zum Taxichauffeur. »Zum ›Pferdestall‹. Wie hast du das geahnt, Darling?«

»Ich war die ganze Zeit hinter dir her. Habe dich beschattet. Aber du hast nichts gemerkt. Bist wie ein kopfloses Huhn durch Wyk gerannt, und wenn ich vom BKA gewesen wäre oder vom MAD oder von der RAF oder von der IRA ...«

»Pssst! Was soll denn unser Fahrer von mir denken?«

»Alles schon mal dagewesen«, brummte der beleibte Mann am Steuer und gab ordentlich Gas auf der Rundföhrstraße. »In den letzten Tagen ist es auf unserer Insel ja schlimmer als auf St. Pauli. Jeden Tag ein Mord. Da steigen gleich die Besucherzahlen.«

»Ehrlich?« fragte Tomkin.

Der Fahrer nickte.

»Jede Menge Tagesgäste. Habe heute schon drei Fuhren raus nach Oldsum gehabt. Einer wollte sogar direkt bis an die Vogelkoje ran.«

»Tatsächlich?« meinte Tomkin. »Da müssen wir auch gleich hin, nicht wahr, Marie?«

Marie Maas sah aus dem Fenster. Es war, als hätte die Marsch durch das bisschen Sonne einen helleren grünen Ton erhalten. Sie hatten gerade Alkersum passiert, und rechts von ihnen ragte düster die Borgsumer Vogelkoje zwischen den flachen Marschen auf. Vielleicht würde das ganze Drama wenigstens dazu führen, die Wildentenjagd in den Vogelkojen ein für allemal einzustellen. Ob ein simples Abschießen dann so viel besser für die Tiere wäre, wollte sie jetzt nicht debattieren. Jedenfalls hätte Pia Struwe ihre Mission auf diese Weise erfolgreich durchgeführt. Aber ob das ihre Idee gewesen war? Wirklich einen Menschen zu töten? Ganz sicher hatte nicht Carmen Ley das Opfer sein sollen.

»Na, wohin nun?« fragte der Taxifahrer. Sie passierten gerade die Oldsumer Mühle.

»Weiter«, sagte Marie Maas. »Nach Süderende. Zum ›Pferdestall‹.

Tomkin sah sie fragend an, verstummte aber, als er ihren Gesichtsausdruck bemerkte. Während Marie schon ausstieg, beglich er die Taxirechnung und kam dann langsam hinter ihr her.

Obwohl das Restaurant laut Anschlag über Mittag von zwölf bis vierzehn Uhr geöffnet war, war die Eingangstür verschlossen. Marie Maas klopfte zaghaft an, dann kräftiger. Nichts rührte sich. Sie trat ein paar Schritte zurück und begutachtete die Gaubenfenster im ersten Stock. Ein paar Fensterflügel standen offen. Die Kletterrosen wuchsen hoch bis unter das Reetdach, manche Ableger wucherten in die offenen Fenster hinein. Die ersten Knospen begannen aufzuspringen. Im Sommer musste sich hier ein Traum in Rot und Weiß und Rosa entfalten. Sie beschloß, ganz sicher einmal wiederzukommen. Sie winkte Tomkin hinter sich her und ging den Plattenweg entlang, der rund um das Gebäude führte.

Durch einen kleinen Garten, in dem vier oder fünf Tische aufgestellt waren, gelangte man durch eine Holztür mit der Aufschrift »Privat« in den Küchengarten, in dem sie schon einmal mit der ganzen Belegschaft gewesen war. Kaum hatte die Kommissarin die Holztür aufgedrückt, sprangen ihr wieder die beiden Hunde entgegen. Laut kläffend zerrten sie an ihren Hosenbeinen, spielerisch, es war keine Bedrohung. Nur die Ente fehlte.

Die Küchentür war geschlossen. Marie Maas klopfte und drückte dann die Klinke hinunter. Es war nicht abgeschlossen. Sie winkte Tomkin wieder hinter sich her und betrat leise den Flur, von dem aus es direkt in die Abwaschküche ging.

Alle Lampen waren eingeschaltet. Auf dem Abwaschtisch lagen Berge von grünem Salat und Porree. In der Küche stand ein Teller mit kleinen Gestecken aus grünem Salat und Tomate mit Petersilie garniert als Dekoration für die Essteller. Auf dem Herd dampfte ein großer Topf mit Fischsud, in dem Fischfilets pochiert wurden. Es roch nach Fisch und Porree. Tomkin sah sich neugierig um.

Von der Küche aus gelangte man direkt hinter den Bartresen. Es war viel dunkler hier als in den Arbeitsräumen. Nur über den Zapfhähnen und über dem Gläserbecken waren Leuchtstoffröhren angebracht. Die Bar war nicht beleuchtet. Von draußen fiel ein schwacher Lichtschein durch die schmalen Fenster des ehemaligen Stallgebäudes.

Die ganze Belegschaft des Restaurants hatte sich hinter dem Bartresen versammelt. Da stand Margarete in einer ihrer blendendweißen Blusen, Edi im Jogginganzug – sie war offenbar nicht zur Arbeit hier, sondern nur zufällig vorbeigekommen –, der Koch im weißen, etwas bekleckerten Arbeitszeug, mit Pferdeschwanz und einer flachen Mütze auf dem Kopf, und die Chefin persönlich. Sie trug Jeans und ein weißes, langes T-Shirt, die Ärmel hochgekrempelt, als hätte sie gerade die Berge von Salat da draußen gewaschen. Den Abschluss vor dem großen Kühlschrank bildete Wachtmeister Ahrendskiel. Er stützte sich an der Kühlschranktür ab und schien unentschlossen, was er tun sollte. Vorstürzen oder ausharren.

Marie Maas ging leise auf die Anwesenden zu.

»Wo ist sie?« flüsterte sie.

Kreske Lieuwering sah sich erschrocken um und wies dann mit dem Kopf in den Speiseraum. Die Lampen über den Tischen brannten nicht, es lag ein dämmriges, kaltes Licht in dem Raum.

Marie Maas trat am Zapftisch vorbei vor den Tresen. Die Ente gluckste leise. Es hörte sich an wie ein Schluckauf.

»Passen Sie auf«, flüsterte Ahrendskiel heiser. »Sie ist bewaffnet.«

Jetzt sah Marie Maas das Mädchen. Sie saß kerzengerade wie ein Schulkind an dem Tisch, der ganz am Ende des Raumes dem Tresen direkt gegenüberstand. Die Ente saß neben ihr auf der Bank und gluckste. Pia hatte zart den Arm um sie gelegt.

Vor ihr auf dem Tisch lag ein abgesägtes Gewehr mit Doppellauf. Dem Aussehen nach hätte es eine Schrotflinte sein können, aber Marie Maas wusste, dass es sich um ein kleinkalibriges Gewehr handelte. Gut gezielt, eine tödliche Waffe. Pia Struwe hielt die andere Hand unter den Tisch. Aber die Waffe lag genau vor ihr, und sie starrte darauf.

Mit langsamen Schritten ging die Kommissarin auf das Mädchen zu. Als sie direkt vor dem Tischstand, sah Pia auf. Sie legte eine Hand auf das Gewehr.

»Ich komme nur mit, wenn ich Arthur mitnehmen kann.«

»Ich versichere es Ihnen«, sagte Marie Maas. Es gab Gefangene, die sich Vögel im Knast hielten. Warum sollte Pia keine Ente haben dürfen? »Aber ich muss Sie verhaften.«

»Das weiß ich«, sagte Pia ruhig. »Es war ein Unfall. Ich habe die Frau nicht töten wollen.«

»Ich weiß«, sagte Marie Maas. Sie stand nun ganz dicht vor dem Tisch und hätte mit einer schnellen Bewegung die Waffe an sich reißen können. Es schien ihr unnötig.

»Wenn es der Kojenwärter gewesen wäre, hätte es mir nicht leid getan«, sagte Pia. »Aber das konnte ich nicht wissen. Es war dunkel in der Hütte. Ich hörte nur, dass da jemand war.«

»Natürlich«, sagte die Kommissarin. »Kommen Sie jetzt bitte mit

Schweigend erhob sich Pia Struwe. Sie drückte die Ente fest an ihren Körper. Die Ente gluckste leise.